Georges Simenon

L'outlaw

Gallimard

Georges Simenon naît à Liège le 13 février 1903. Après des études chez les jésuites, il devient, en 1919, apprenti pâtissier, puis commis de librairie, et enfin reporter et billettiste à *La Gazette de Liège*. Il publie en souscription son premier roman, *Au pont des Arches*, en 1921, et quitte Liège pour Paris. Il se marie en 1923 avec « Tigy », et fait paraître des contes et des nouvelles dans plusieurs journaux. *Le roman d'une dactylo*, son premier roman « populaire », paraît en 1924, sous un pseudonyme. Jusqu'en 1930, il publie contes, nouvelles, romans chez différents éditeurs.

En 1931, le commissaire Maigret commence ses enquêtes… On tourne les premiers films adaptés de l'œuvre de Georges Simenon. Il alterne romans, voyages et reportages, et quitte son éditeur Fayard pour les Éditions Gallimard où il rencontre André Gide.

Durant la guerre, il est responsable des réfugiés belges à La Rochelle et vit en Vendée. En 1945, il émigre aux États-Unis. Après avoir divorcé et s'être remarié avec Denyse Ouimet, il rentre en Europe et s'installe définitivement en Suisse.

La publication de ses œuvres complètes (72 volumes !) commence en 1967. Cinq ans plus tard, il annonce officiellement sa décision de ne plus écrire de romans.

Georges Simenon meurt à Lausanne en 1989.

PREMIÈRE PARTIE

1

Ils arrivèrent rue Saint-Antoine juste comme la séance finissait au cinéma Saint-Paul. La rue était déserte de la Bastille à l'Hôtel de Ville et, même plus loin, c'était une profonde tranchée vide jusqu'à la place de la Concorde, avec de rares passants minuscules qui agitaient leurs jambes sur les trottoirs et parfois se risquaient à traverser de biais la chaussée.

Eux venaient de plus loin encore, de Grenelle, de tout au fond de Grenelle, d'une rue inachevée qui ne figurait pas sur les plans de Paris. Depuis combien de temps marchaient-ils, toujours du même pas, la main de Nouchi accrochée au bras de son compagnon ?

Il avait d'abord fallu aller là-bas. À ce moment, les rues étaient encore un peu vivantes et si, à cause du froid, il n'y avait guère de passants, on devinait des gens derrière les vitres embuées des cafés.

— Si Lartik n'était pas chez lui ? avait risqué Nouchi alors qu'ils n'étaient qu'à moitié d'une rue plus longue et plus monotone que la rue Saint-Antoine.

Elle avait eu tort. Stan lui avait jeté un regard dur, vraiment furieux, puis il avait cherché autour de lui et s'était précipité vers un banc pour toucher du bois.

— Il n'y a pas de lumière, Stan !

— C'est qu'il est couché !

Lartik, qui avait été sculpteur avant de travailler chez Renault, habitait une sorte de pavillon, d'atelier d'artiste ou plutôt de baraque, au fond d'une cour, derrière un immeuble qui n'était pas fini. On y accédait par un escalier extérieur sans rampe. Et ce soir-là on ne voyait rien.

— Stéphan ! appelait Stan en essayant de distinguer quelque chose à travers les vitres. Stéphan !... C'est moi, Stan... Il faut absolument que tu m'ouvres... Je t'assure que, cette fois, c'est tout à fait sérieux... Nouchi est avec moi... Nous sommes venus à pied de la rue Saint-Antoine...

Nouchi souffla :

— On a bougé !

Ils en avaient l'impression l'un comme l'autre. Ils avaient entendu du bruit. Ils voyaient dans la pièce comme un halo rougeâtre qui émanait d'un poêle allumé, et ils auraient juré qu'il y avait une silhouette, une ombre sur le lit.

— Stéphan !

Et Nouchi, tout bas :

— Il n'est peut-être pas seul.

Est-ce que Lartik n'aurait pas pu se passer de femme au moins un soir ? N'était-il pas assez éreinté par son travail de chez Renault ?

Nouchi avait raison, Stan en était sûr : son camarade était là, sur le divan, sur le sommier qui servait de divan, avec une fille ! Tous les deux devaient retenir leur respiration, mais peut-être n'avaient-ils pas seulement interrompu leurs jeux ?

— Écoute, Stéphan... C'est la dernière fois que je viens... Il faut que tu ouvres... Il le faut, tu entends ?

Nouchi commença à descendre l'escalier. Quelques minutes plus tard, elle dit, d'en bas :

— Viens !

C'était, maintenant, devant le cinéma Saint-Paul, comme quand on presse un tube de pâte dentifrice, un jaillissement, une matière d'abord compacte qui s'étirait, se désagrégeait peu à peu : des hommes, des femmes, des familles entières qui parlaient à voix haute entre les murs sonores.

Stan reniflait. Il y avait déjà plusieurs minutes que son tic l'avait repris. Tout à coup il aspirait avec force et ses narines se pinçaient, se collaient tandis que son visage paraissait plus maigre, plus creux, ses yeux plus fiévreux. Pour bien faire, Nouchi ne devait pas le regarder, feindre de n'avoir rien remarqué.

Ils passèrent devant le cinéma. Quelques maisons plus loin, Stan s'arrêta. Sur des kilomètres et des kilomètres de rue, ils n'avaient pas vu un seul magasin ouvert. Il y en avait un, devant eux ! Une confiserie ! Il était passé minuit. Il gelait. Les rares passants couraient plutôt qu'ils ne marchaient. Mais là, derrière la vitre embuée, on découvrait un magasin douillet comme un salon de vieille fille, un poêle de faïence au milieu, des bonbons méticuleusement rangés, des roses, des vert pâle à la pistache, des caramels qu'on devinait fondants, des choses sucrées, candides, enfantines et, derrière le comptoir, une femme tricotait en comptant les points, ses épaules couvertes d'un autre tricot couleur souris.

Nouchi attendit sans rien dire. Elle ne savait pas au juste pourquoi Stan s'était arrêté, pourquoi il reniflait en contemplant cette vitrine, pourquoi ses lèvres décolorées s'étiraient, découvraient des dents qu'il ne soignait plus.

Déjà elle avait commis la faute, en allant à Grenelle, de parler de Lartik et de prévoir qu'il serait absent.

Elle recommença et pourtant elle savait qu'elle ne devait pas le faire ! Et Dieu sait que ce n'était pas par méchanceté !

— Pourvu qu'*il* soit couché ! Quelle heure est-il, Stan ?

Est-ce qu'il avait une montre, à présent ? Depuis combien de temps n'en avait-il plus, ni rien qui eût la moindre valeur, pas même un pardessus convenable, car le sien n'était qu'un pardessus de demi-saison ? Alors ?

Il repartit, furieux. Il faillit ne pas toucher du bois, en toucha quand même, furtivement, pinça les narines un grand coup en regardant l'*Hôtel de Birague.*

C'était, dans la rue de Birague qui donne place des Vosges, un hôtel borgne et miteux où certains locataires couchaient à quatre et à cinq par chambre. Un bouton déclenchait le mécanisme de la porte. À droite, dans le mur, il y avait un guichet et c'était celui-ci que Stan et Nouchi avaient si peur de voir s'ouvrir.

Il fallait bredouiller un nom, aussi vaguement que possible, et se précipiter dans l'escalier sans bruit, pour éviter d'arracher complètement le patron à son sommeil.

Ils allaient le faire. Le guichet n'avait pas bougé. Mais ce fut une porte qui s'ouvrit et l'hôtelier parut, aussi large que le corridor, le pantalon qui pendait, la chemise ouverte sur des poils.

— Où allez-vous ?

— Mais… Je…

— Ça va ! Filez !

— Nous avons encore des affaires en haut, tenta Nouchi.

— Sans blague !

— Vous ne pouvez pas nous empêcher de prendre ce qui…

— Vous m'avez payé, oui ? Alors, filez ! Il y a assez longtemps que je vous ai prévenus. Peut-être reste-t-il de la place à l'Armée du Salut, à moins qu'on vous offre un logement gratis en prison…

Ils n'étaient restés que quelques instants dans la chaleur du corridor qui sentait comme une haleine. Ils marchaient à nouveau. Les trottoirs étaient secs et durs. De temps en temps, Nouchi ne pouvait s'empêcher d'observer Stan et il s'en apercevait, il savait bien ce qu'elle pensait, il le faisait exprès, malgré lui, au lieu de la rassurer, de se laisser aller à son tic et de pincer les narines.

Ils arrivaient dans les charrois des Halles. Ils marchaient toujours et Nouchi évitait de demander où on allait de la sorte.

C'était un peu fantastique. Entre les pavillons noirs, d'une dureté métallique, de grosses lampes pendaient au-dessus de la rue, entourées, comme des étoiles, de rayons aigus, d'un blanc cru, qui vous crevaient les yeux mais qui n'éclairaient pas. Les vieilles maisons elles-mêmes, tout autour, étroites, drôlement peintes, surchargées d'inscriptions, étaient de guingois comme sur une toile de théâtre qui se serait gondolée.

Des camions passaient, s'arrêtaient, repartaient. Un train coupait la scène en deux du côté de la rue Montmartre. Des êtres s'agitaient, au ralenti, tantôt dans l'ombre, tantôt dans la blancheur glacée qui tenait lieu de lumière.

Stan s'était encore immobilisé et Nouchi ne lâchait pas son bras. Tous les deux regardaient un énorme camion de dix tonnes peint en jaune, avec un nom sur le flanc, le mot Nantes et un numéro de téléphone.

Le chauffeur, éclairé par une baladeuse, travaillait à son moteur qu'il faisait ronfler de temps en temps pour régler quelque chose tandis que toute la carcasse tremblait. Mais le travail continuait. Les choux, un après l'autre, arrivaient d'en haut, de dessous la bâche, d'où un homme les lançait. Un autre, dans la rue, les recevait, une sorte de clochard emmitouflé de vêtements sans nom sous lesquels il avait entassé des vieux journaux pour se tenir chaud.

À chaque chou on sentait le choc et on pouvait croire que le vieux allait tomber. Il marquait un temps d'arrêt, puis lançait son chou vers la droite où un grand jeune homme le rattrapait, le lançait à son tour au spécialiste qui, sur le trottoir, rangeait les légumes en un pilot régulier.

Personne ne s'occupait des autres. Les choux étaient blêmes, piquetés de diamants de glace qui éraflaient les mains.

On n'avait même pas remarqué Stan et celui-ci resta un bon quart d'heure immobile sans qu'on pût savoir ce qu'il pensait ou ce qu'il attendait. Enfin, sans rien dire, il repoussa la main de Nouchi toujours posée sur son bras. Il fit un pas, deux, trois. Il se trouva entre le clochard et l'étudiant. Alors, timidement, il rattrapa un chou, le lança à son tour, s'intégrant ainsi à la chaîne.

Le clochard le regarda avec méfiance et grogna. Est-ce que, du moment qu'il y avait un homme de plus, chacun n'allait pas toucher moins d'argent ? L'étudiant fronça les sourcils, pas pour la même raison, mais parce qu'il avait remarqué le tic de Stan et qu'il l'entendait compter en langue étrangère, en russe ou en polonais.

— Deux mille trois cents… trois cent un… deux… Deux mille trois cent trois…

Car Stan avait fait des calculs, des moyennes. Le chargement était à peu près à moitié.

— Deux mille quatre cent vingt-deux…

Les choux étaient gros et lourds, des cabus ou des choux de Milan. On ne voyait rien d'autre. On entendait seulement le train qui effectuait des manœuvres, lâchant ses wagons à des endroits différents. En face, on entassait dans une boutique étroite tant de milliers d'oranges qu'il semblait qu'on allait faire craquer les murs, cependant que l'odeur envahissait toute cette portion des Halles.

— Deux mille cinq cent trente et un…

Est-ce qu'il ne s'était pas trompé ? N'avait-il pas sauté une centaine ?

L'homme qui s'approchait parfois, avec des guêtres noires, un col de castor à son court paletot de paysan et un calepin à la main n'était-il pas le patron ? Avait-il remarqué Stan ? S'il l'avait vu et qu'il le laissât continuer, c'est qu'il le payerait comme les autres.

— Deux mille six cent quatre-vingt-trois… quatre… cinq…

Une petite voix, tout près :

— Stan…

Il ne pouvait se retourner sans risquer de rater un chou. Il leva à peine la tête, mais il comprit. Deux hommes s'avançaient au milieu de la rue en parlant haut et en fumant : sûrement des policiers, peut-être des gens de la police des mœurs, et Nouchi faisait signe à Stan qu'elle s'éloignait un instant.

À combien en était-il ? Des gouttes tombaient du nez du clochard sans qu'il fît un geste pour les essuyer. L'étudiant portait des gants de laine. Il venait vraisemblablement d'une petite ville de province et Stan aurait parié qu'il avait une sœur. Pourquoi ? Pour rien ! C'était un homme à avoir une sœur.

Il ne perdait pas les policiers de vue, mais il ne devait pas en avoir l'air. Ils s'approchaient, regardaient chacun tour à tour et s'en allaient en haussant les épaules.

— Trois mille cinquante et un… deux… trois…

Nouchi ne revenait pas. On ne la voyait pas. Il savait néanmoins qu'elle réapparaîtrait quand il le faudrait. Le mouvement lui donnait chaud en dedans, mais en dehors il restait glacé, surtout les mains qu'il ne sentait même plus.

Quatre mille choux ! Le camion contenait quatre mille choux et il allait déjà repartir ; le chauffeur venait voir si c'était fini, boutonnait sa veste de cuir, rabattait sa casquette sur ses oreilles avant de monter sur le siège. Peut-être la nuit prochaine serait-il encore là avec quatre mille choux ?

Le patron était revenu et donnait d'abord vingt francs au clochard qui devait être un habitué.

— Merci, monsieur Émile.

Puis il examinait Stan avec méfiance.

— T'étais pas ici au début, toi !

— J'ai commencé au milieu…

— T'es russe ?

— Polonais…

— Voici dix francs…

Stan restait encore un peu à la même place, à attendre Nouchi. Son pied, sur le trottoir, heurta un objet qu'il ramassa : une grosse clef à boulons que le chauffeur avait oublié de ramasser avec ses outils. Il ne la lui rendit pas et la poussa dans sa poche. À dix mètres du camion, il ne fut pas étonné de sentir la main de Nouchi qui reprenait place sur son bras.

Ils marchèrent, sans rien dire, le long de la rue Montmartre et ils étaient déjà dans la portion la plus déserte de la rue, vers le milieu, quand Nouchi demanda :

— Combien ?

Il ne répondit pas. À quoi bon ? Que pouvaient-ils faire avec dix francs, pas de toit, les vêtements strictement nécessaires sur le dos et pas seulement un mouchoir de poche ?

Lartik n'avait pas répondu et Stan était de plus en plus persuadé qu'il était chez lui, à faire l'amour devant le poêle ronflant. Quant à Grégor Ignatieff, ce n'était plus la peine d'essayer de lui téléphoner au *George V.* La standardiste avait des ordres, répondait invariablement qu'il était sorti. La fois que Stan l'avait guetté pendant trois heures devant l'hôtel et qu'il l'avait enfin vu sortir, qu'est-ce qu'Ignatieff avait fait ? Il s'était précipité vers un taxi dont un chasseur tenait la portière ouverte. Stan avait eu beau se précipiter.

— Excusez-moi, mon cher… Un rendez-vous urgent… Revenez me voir…

Le voir où ? quand ? Le portier avait des ordres, lui aussi !

Alors ?

Nouchi buttait, faisait tout son possible pour le suivre mais finissait par marcher mollement comme dans un rêve. Ils atteignaient les Grands Boulevards, passaient devant la pharmacie ouverte la nuit, puis c'était le grand café-bar du coin qui ne fermait jamais ses portes.

Stan entra et Nouchi ne le lâchait toujours pas. Tout le long du comptoir, des gens étaient penchés sur des boissons chaudes. Eux hésitaient et Nouchi n'osait rien dire. Depuis le temps qu'elle n'allait plus chez le coiffeur, ses cheveux pendaient sur sa nuque, ce qui la faisait paraître plus mince et lui donnait une longue figure. Elle portait son imperméable à ceinture qu'ils avaient acheté à Broadway, dans un magasin de soldes.

Stan pinçait les narines, reniflait, regardait chaque chose avant de se décider : les œufs durs en pyramide sur un support en fil de fer, une autre pyramide de tartines beurrées, une autre encore avec des sandwiches au jambon.

Il parla comme quelqu'un à court de salive.

— Combien ? demanda-t-il en regardant les œufs.

— Trente-deux sous…

Son bras passa entre l'épaule d'une vieille mendiante et un chauffeur de taxi. Pourquoi tressaillit-il en regardant la capote kaki du chauffeur ? Il prit deux œufs.

— Des cafés…

— Arrosés ?

Il fit signe que non. Les œufs étaient aussi glacés que les choux des Halles. Et il comprit que si Nouchi, en mangeant, se tournait vers les vitres, c'était pour lui cacher son envie de pleurer. Il y avait un brasero, dehors, et des ombres autour. Il y avait aussi toute une file de taxis, près de l'horloge mécanique qui marquait quatre heures dix. L'air était comme quand il va neiger. Le garçon qui nettoyait le percolateur déclenchait des jets de vapeur et les vitres s'épaississaient davantage.

— Qu'est-ce…

Non ! À quoi bon ? Nouchi allait dire :

— Qu'est-ce que nous allons faire ?

Il l'avait compris. Elle avait un petit morceau de jaune d'œuf sur le menton. Par contenance, elle soufflait sur son café.

Voilà ! Il était quatre heures dix. On était en janvier. Il n'y avait rien à faire dans le Midi puisque ce n'étaient pas les vendanges, ni dans le Nord où les betteraves étaient rentrées depuis longtemps. Il n'y avait même pas de neige à ramasser et, d'ailleurs, pour être embauché par la municipalité, il faut un passeport en règle.

Le garçon avait déjà remplacé les deux œufs dans les petits cercles du support et la vieille femme, qui vendait peut-être des journaux à la porte des boîtes de nuit, entamait son troisième sandwich au jambon.

— Écoute…

Entre eux, ils parlaient allemand, quelquefois anglais car, si Stan était polonais (mais il n'était pas tout à fait polonais ; c'était plus compliqué que ça !) Nouchi était hongroise.

— Attends-moi ici…

Pourquoi le regardait-elle de la sorte ? Qu'est-ce qu'elle pensait ? Il lui en voulait de prendre cet air effrayé.

— Je vais essayer encore une fois de voir Ignatieff.

Il ne devait pas lui laisser le temps de poser des questions. Il revint pourtant sur ses pas.

— Si… si je n'étais pas revenu dans deux heures… enfin, quand il fera jour…

Elle ne pouvait pas attendre là, indéfiniment, sans consommer. Il regardait dehors. Dans le faubourg Montmartre, il repéra l'enseigne lumineuse d'un hôtel : *Hôtel des Étrangers.*

— Tu n'as qu'à prendre une chambre, là… Il faudra bien que je trouve de l'argent…

— Stan !

Non ! Il préférait s'en aller sans se retourner. Il n'avait pas pensé à lui laisser la moitié de ce qu'il lui restait : quatre francs quatre-vingts.

Il fit semblant de s'éloigner, pour le cas où elle le suivrait des yeux par la vitre. Il traversa le boulevard, revint sur l'autre trottoir et étudia les taxis un à un. Sa respiration formait un léger nuage devant sa bouche et il avait plus froid, d'être resté dans le café.

Il était plus calme aussi, presque trop calme. Il lui semblait qu'il n'avait jamais été si lucide. Il voyait très loin. Il entremêlait des tas de pensées, mais sans les embrouiller. Il pesait le pour et le contre. Il se rendait un compte exact des difficultés, des risques.

Tant pis ! C'était décidé ! Cela ne servirait à rien d'hésiter, de chercher autre chose, car il savait qu'il en arriverait fatalement au même point.

Cela n'empêchait pas de prendre des précautions. Les trois premiers taxis étaient vides et les chauffeurs battaient la semelle en tête de file, se tapaient les mains sur les flancs en bavardant à voix haute.

Le quatrième, assis sur son siège, lisait un journal à la lueur de sa lanterne. C'était un Russe, Stan savait que c'était un Russe et il haussa les épaules. Non ! D'ailleurs, il était trop près des trois autres.

Quant au cinquième avec sa casquette avachie, il avait l'air d'un voyou, de ceux qui rôdent autour des établissements de nuit et qui conduisent leurs clients dans des endroits louches.

Stan avait le temps. De loin, il pouvait encore reconnaître la silhouette de Nouchi dans le café. Il y avait un agent en pèlerine au carrefour, mais il ne faisait pas attention à lui. Le taxi suivant…

Soudain, le choix devint inutile. Un taxi arrivait du boulevard Poissonnière, un vieux, d'un ancien modèle, et le chauffeur était un vieux aussi, un gros, engoncé dans son cache-col, avec des moustaches qui devaient sentir le marc ou le calvados. Il maraudait.

Devant Stan, il ralentit et Stan ouvrit la portière, lança :

— À Versailles !…

Il y était allé une fois, pour vendre des programmes lors d'une cérémonie patriotique. Il avait remarqué un grand bois avant et après une sorte de tunnel. Ce n'était pas assez loin pour effaroucher un chauffeur. Des tas de gens rentrent la nuit à Versailles.

Pourtant, il ouvrit la glace qui le séparait de l'avant et expliqua :

— À l'hôpital… On vient de me téléphoner que ma femme est malade…

L'homme ne broncha pas, n'eut pas l'air d'entendre, garda sa pipe qui, vissée entre ses dents, retroussait ses moustaches de phoque et, d'un geste machinal, referma la glace.

Pourquoi ? Stan avait pris des taxis, jadis, surtout à New York. Presque toujours, il ouvrait la glace et bavardait avec le chauffeur.

Il était vexé, vaguement inquiet. Il n'avait pas regardé par où on passait et il ne savait pas où il était. Il se pencha, fit à nouveau glisser la vitre.

— Ne roulez pas trop vite… Je crois qu'il y a du verglas… Quand j'ai dit que ma femme était malade… La vérité, c'est qu'elle a été renversée par un camion…

Il sentait que c'était inutile, que ses paroles tombaient à vide, mais c'était plus fort que lui.

— Où il est, votre hôpital ?

— Je ne sais pas… On m'a dit seulement l'hôpital de Versailles… Il y en a plusieurs ?

Le chauffeur haussa les épaules et referma la vitre une fois de plus. Il avait au moins cinquante-cinq ans.

Il devait être propriétaire de sa voiture. À côté de lui, sur le siège, dormait un petit chien ratier blanc à taches noires, au museau très pointu.

Tant pis ! Stan n'avait aucune pitié. Il se demandait seulement pourquoi son compagnon mettait un tel acharnement à tirer la vitre entre eux. Il en souffrait presque, comme d'une manifestation de mépris à son égard.

On venait de traverser un pont, sans doute celui de Saint-Cloud. On montait une côte. Puis des villas défilaient. Et s'il y avait deux routes pour aller à Versailles ? Et si l'une d'elles ne passait pas par le bois ? Si le chauffeur refusait de s'arrêter ? Il en était bien capable ! C'était un de ces hommes qui n'en font qu'à leur tête. Stan aurait été mieux avisé de choisir à son aise !

— Dites !

— Quoi ?

— Vous n'auriez pas du feu ?

C'était idiot, car il n'avait pas de cigarettes.

— Non !

Et, une fois encore, le bruit sec de la glace refermée.

Des villas ! On voyait des villas tout le long ! La route était éclairée ! Stan l'avait faite de jour et n'avait pas pensé qu'elle serait éclairée. Pourvu qu'elle ne le soit pas jusqu'au bout !

Si on atteignait Versailles, il ne pourrait pas payer et le chauffeur le conduirait sans hésiter au commissariat. Là, on lui demanderait ses papiers et on verrait tout de suite qu'il était expulsé depuis trois mois.

Il était mal assis. Il ne cessait pas de remuer et il s'en rendit compte en découvrant le regard du chauffeur dans le rétroviseur. Était-il possible qu'en si peu de temps on ait bâti des villas jusqu'au bout ? Ne ferait-il pas mieux d'agir tout de suite ? D'abord, en hiver, la plupart des villas sont inhabitées. Ensuite, même s'ils entendent crier, il est bien rare que les habitants se dérangent. Le seul risque était celui d'une autre auto, d'un camion arrivant au mauvais moment.

La route descendait. Il allait ouvrir la vitre, prétexter un besoin pressant pour faire arrêter la voiture. Ses narines se pinçaient un grand coup, au point qu'il en avait un sifflement dans la gorge.

Est-ce que la voiture, soudain, ne flottait pas ? Le chien, inquiet, se dressait. On frôlait le bas-côté et voilà que le taxi s'immobilisait, que le chauffeur en descendait, faisait le tour, par l'avant, restait un instant dans le rayon des phares.

— Qu'est-ce qu'il y a ? questionna Stan en poussant la portière.

— Ça va ! Bougez pas ! Un pneu crevé ! J'en ai pour cinq minutes…

Il avait déjà disparu et on l'entendait fouiller, derrière, dans le coffre à outils.

Un camion-citerne passait, puis une auto rapide, puis plus rien.

Stan descendit, s'approcha de l'homme penché sur le cric et il ne réfléchit plus, n'hésita pas, frappa tout de suite, pour en être quitte. Il y avait mis toutes ses forces. La clef à boulons était lourde. Il entendit nettement la résonance sur le crâne, en dépit de la casquette.

Et il restait là, stupide, son arme à bout de bras, en voyant le chauffeur se retourner comme si de rien n'était. C'était vraiment hallucinant. Il avait reçu le coup et cela ne lui faisait pas plus d'effet que si on l'eût frappé avec un ballon de baudruche. Il se redressait, très calme. Mais n'allait-il pas s'effondrer soudain comme cela arrive à des gens blessés ?

— Bougre de salaud !

Il faisait de petits yeux, ordonnait à son chien :

— La paix, Tommy !

Car le chien, dans la voiture, aboyait tout ce qu'il pouvait.

— Salaud de salaud…

Stan se laissa faire, stupidement. Il n'eut pas l'idée de se défendre. Ses genoux tremblaient. Il levait le bras comme un enfant qu'on corrige. Il n'en reçut pas moins un premier coup de poing au beau milieu du visage, sur le nez, puis un autre, un autre encore, et il s'entendit balbutier :

— Pardon…

— Je m'étais bien douté que t'étais un petit voyou…

Du sang jaillissait. Une auto passa sans ralentir. Le chauffeur en avait assez de frapper et lançait dans le fossé la clef qu'il avait arrachée des mains de Stan.

— Viens ici !… Baisse-toi… Tourne le cric, qu'au moins tu serves à quelque chose…

Il obéit. Il aurait bien voulu tâter son visage, mais il n'osait pas lâcher la manivelle du cric.

— D'où que t'es… Tchéco ?…. Yougo ?….

Stan ne s'apercevait pas qu'il pleurait, d'humiliation, de rage, de tout. Et il répondait, docile :

— De Wilno…

— Ah ! bon… faisait l'autre, comme s'il savait ce que c'était. Démonte la roue, à présent… N'essaie pas de faire le mariolle… Des punaises comme toi, on devrait…

Il s'était éloigné un instant pour prendre la roue de secours et Stan se jeta dans le fossé, grimpa de l'autre côté, en s'aidant des mains. Il courait maintenant dans un bois. Il entendait le chien japper. Il avait peur que l'homme le lançât à ses trousses.

Sa respiration était brûlante. Il se cognait à des souches, à des troncs d'arbres. Il parlait tout seul, des mots sans suite, en allemand, en polonais.

— Il faut que… Tant pis !… Je… Aïe !…

Il s'était pris dans des fils de fer barbelés et il s'en arrachait brutalement, pris de panique, avec l'impression de saigner de partout. Où était-il ? Dans un parc. Il pataugeait, incapable d'en sortir, s'effrayant chaque fois qu'il apercevait les murs d'une maison, toujours la même.

Il fut sur le point de se coucher une fois pour toutes, n'importe où, là où il était.

Cela dura des heures. Une route, qui n'était pas celle qu'il avait prise avec le taxi et qui n'était pas éclairée. Un village qui avait l'air d'un vrai village, une gare et des trains sous pression.

Puis ce fut la Seine. Cela ne pouvait être que la Seine. Et enfin, sur une petite place, un café éclairé et, devant, un autobus où des gens prenaient place.

Il y monta. On le regardait. Il se demandait quel pouvait être son aspect. Au receveur, il éprouva le besoin d'expliquer :

— J'ai été renversé par une auto…

Et ces gens qui vivaient leur vie quotidienne le détaillaient avec méfiance. Ce n'était même pas de la méfiance. Ils le regardaient comme un étranger, non seulement étranger au pays, mais étranger à leur espèce d'hommes. Une petite fille en béret de peluche blanche se blottissait contre sa mère en fixant sur lui ses grands yeux. Sur les genoux d'une femme, une poule caquetait dans un cabas.

Il ne faisait pas encore jour, Stan ne savait pas quelle heure il était. On entra dans Paris. Il revit la Seine, reconnut le Louvre où tout le monde descendit.

Alors il se mit à courir vers la rue Montmartre. Comme un fou, il entra dans le café où il avait laissé Nouchi et ne l'aperçut pas.

Il ne demanda rien, sortit comme il était entré, traversa le boulevard.

L'horloge marquait sept heures. Le jour n'était plus loin. Le ciel se cendrait. Il n'y avait plus que trois taxis en stationnement.

Sur un immense paillasson des lettres rouges formaient les mots *Hôtel des Étrangers*.

— Mlle Kersten ?… demanda-t-il.

— Qu'est-ce que c'est ?

— Elle a dû prendre une chambre ce matin…

— Connais pas !…

L'homme se donna pourtant la peine de feuilleter le registre.

— Il n'y a pas eu de voyageurs ce matin. Ce n'est pas ici…

Les rues s'animaient. Des volets mécaniques se levaient dans un vacarme. Des livreurs s'arrêtaient devant les boutiques. Stan possédait encore deux francs.

De plus en plus les trottoirs étaient durs, d'un blanc crayeux. Les lampes restaient allumées dans les bars, en dépit du petit jour. Il marchait. Il pensait. Il pensait durement, méchamment. Ses narines se pinçaient et il serrait les poings. Il n'avait pas le droit de s'asseoir sur un banc, car il aurait attiré l'attention et la première idée de n'importe quel agent serait de lui demander ses papiers !

Si Lartik avait ouvert, la veille… Ou si seulement ils étaient arrivés un peu plus tôt, quand il y avait de la lumière, il n'aurait pas osé refuser de répondre…

Maintenant, qui sait si Nouchi n'avait pas été prise dans une rafle ? Dans ce cas, elle était au Dépôt, avec des tas de filles. On la ferait mettre toute nue. On l'examinerait et alors de deux choses l'une : ou on la relâcherait vers onze heures, ou on la garderait en observation. On la garderait plutôt, puisqu'elle n'avait pas de domicile ! Heureusement qu'elle, au moins, avait des papiers en règle ! Et comment se retrouveraient-ils ? Est-ce qu'elle irait de toute façon à l'*Hôtel des Étrangers* ?

Il était place de l'Opéra et des gens qui sentaient encore le lit et le savon sortaient en vrac des bouches du métro. Tout cela avait dormi ! C'était une nouvelle journée qui commençait et, pour lui, c'était toujours la même. Une petite jeune fille, sans doute une vendeuse, portait un chapeau rouge cerise. Le chauffeur au chien devait raconter à sa femme, en prenant son petit déjeuner…

Pourquoi Frida Stavitskaïa s'était-elle méfiée ? Elle l'avait traité comme quelqu'un en qui on ne peut pas avoir confiance, comme quelqu'un qui n'est pas un homme. Elle lui avait raconté des bobards. Elle le méprisait. Alors ?

À quoi cela lui servait-il de renifler en errant dans les rues, l'œil menaçant ? Des passants se retournaient sur lui, de ceux qui avaient dormi et mangé, qui avaient changé de linge, des hommes qui s'étaient rasés alors qu'il avait une barbe de trois jours. Et ces gens-là formaient bloc, se sentaient en sécurité, en famille, parce qu'ils étaient du même pays et qu'ils avaient des papiers en règle, des papiers qui leur donnaient des droits, celui de travailler, d'aller ici ou là, de s'asseoir, de se lever, de demander un renseignement à l'agent de police !

Il était presque neuf heures. Il valait mieux attendre neuf heures et quelques minutes. Il avait tourné en rond, sans quitter le quartier de la rue Montmartre et de l'Opéra. Il lut sur une plaque bleue : rue des Petits-Champs. C'était plein de camions qui regorgeaient de marchandises. On ne pouvait pas marcher sur les trottoirs tant il y avait de monde et tout ce monde était pressé. L'agent sifflait. Les autos cornaient. On coltinait des caisses et des paniers de bouteilles, on roulait vers la cave d'un café des tonneaux de bière.

Il s'assura d'abord qu'il y avait le téléphone. C'était marqué sur la vitre. Il entra et c'était déjà un autre monde, des jambons et des saucissons pendus au plafond, un petit comptoir, une atmosphère provinciale, un patron en tablier bleu, à moustaches presque bleues à force d'être noires et une âcre odeur de vin rouge. Un cheminot à casquette réglementaire mangeait du saucisson sur du pain noir.

— Du vin… commanda Stan.

Il ne pouvait pas le payer, mais tant pis ! Plus exactement, il ne pouvait payer à la fois le vin et le téléphone.

— Je peux téléphoner ?

— Attendez que je vous donne un jeton…

Il pénétra dans la cabine. Elle ouvrait sur la cuisine qu'une femme lavait à grande eau.

— Allô !… La Sûreté Nationale ?…. Je voudrais parler à l'inspecteur Mizeri… Oui… De la part de qui ?…. Dites-lui que c'est quelqu'un qu'il connaît… Allô !…

Il entrouvrit la porte pour s'assurer qu'on ne l'écoutait pas. Le patron disait tranquillement en transvasant du vin d'une bouteille dans une autre :

— Pour un gnon, il a reçu un gnon !…

2

— Mais taisez-vous donc ! Puisque je vous dis qu'on le cherche !

Il se tut, et dans la solitude de la cabine téléphonique ses narines se pincèrent, son front s'humecta. Il les entendait, là-bas, à l'autre bout du fil. Elles étaient plusieurs femmes, plusieurs jeunes filles. Elles venaient d'arriver. Elles se disaient bonjour en retirant leur chapeau, en prenant place devant leur standard.

Celle qui aurait dû s'occuper de Stan questionnait à mi-voix :

— À quelle heure ça a-t-il fini ?

Et alors lui, de son trou, intervenait :

— Allô, mademoiselle… Est-ce que l'inspecteur Mizeri arrive d'habitude à neuf heures ?…. Allô !… Peut-être certaines semaines est-il de service de nuit ?…. Allô !… Ou s'il est en mission…

C'était inutile. Mais c'était un besoin chez lui de mettre les points sur les *i*. Il était là, malheureux, le récepteur à la main, essayant en vain de communiquer son inquiétude à une jeune fille qui se mettait, peut-être au même instant, du rouge à lèvres.

— Ses collègues doivent le savoir ! Écoutez : il est impossible qu'à neuf heures il n'y ait personne à la Sûreté Na…

Et elle avait laissé tomber :

— Mais taisez-vous donc ! Puisque je vous dis qu'on le cherche !

Comment cherchait-elle, alors qu'il n'entendait pas le déclic des fiches dans les différents circuits, comme cela se produit quand on appelle quelqu'un de bureau en bureau ? Qu'elle lui réponde :

— Il n'est pas là…

Et…

— Allô ! Qui est à l'appareil ?

Il eut le geste de se précipiter, de s'agripper de toute son énergie à l'homme dont il venait d'entendre la voix.

— L'inspecteur Mizeri ?

— Oui…

— Écoutez, monsieur l'inspecteur… Allô !… Ne quittez pas… C'est très, très important… C'est de toute première importance…

Jamais il n'avait eu un si fort accent et par surcroît certains mots ne lui venaient à l'esprit qu'en polonais ou en allemand.

— Allô !… Je ne peux pas vous dire mon nom au téléphone… Vous me connaissez… Je vous expliquerai…

— C'est entendu ! Venez me voir…

— Allô ! Allô ! Monsieur l'inspecteur… Il m'est impossible d'aller là-bas… On ne doit pas savoir que je vous ai… Enfin, il faudrait… Allô ! Monsieur l'inspecteur…

On aurait dit maintenant qu'il appelait au secours.

— Après ?

— Ah ! bon… Je croyais qu'on avait coupé… Je ne suis pas un homme à vous déranger pour rien… Ce que j'ai à vous dire peut avoir une importance énorme pour votre carrière… Vous avez entendu parler de la bande des Polonais, n'est-ce pas ?…. Allô !…

Il aurait voulu s'assurer qu'il n'y avait personne derrière la porte, mais il n'osait pas lâcher son appareil une seule seconde.

— Si vous pouviez venir… Où je suis ?…. Au coin de la rue des Petits-Champs et d'une rue qui conduit aux Bouffes-Parisiens… Je ne sais pas le nom… Qu'est-ce que vous dites !… Non ! Pas après-midi… Attendez !… Allô !… Ne partez pas encore… C'est difficile à expliquer… J'ai eu des ennuis et il me faut de l'argent…

Il improvisa. Jusque-là, il avait pensé à tout, sauf à la somme.

— Cinq mille !… N'oubliez pas, monsieur l'inspecteur, que… Allô !…

Rien ! Un moment, il trembla, esquissa une grimace comme pour pleurer. Puis il raccrocha lentement l'écouteur en même temps qu'avec une égale lenteur une expression de contentement se figeait sur son visage. Il ouvrit la porte de la cabine, éprouva le besoin d'annoncer en entrant dans le débit :

— J'attends un ami…

Il ne put s'empêcher de remarquer que le patron était seul à son comptoir, que la pièce était sombre. C'était un bistrot de campagne, du Berry ou du Bourbonnais, perdu en plein Paris. On descendait une marche. Le sol était pavé de carreaux rouges et les poutres du plafond saillaient.

En supposant qu'il aurait possédé un revolver…

— La caisse, vite !

Le patron la donnait ! Tout à l'heure, Stan avait aperçu plusieurs billets de cent francs et peut-être qu'en dessous il y en avait de mille. Dehors, les passants étaient si nombreux qu'en sortant il était déjà introuvable…

Et avec une auto…

Il ne le faisait pas exprès. C'était plus fort que lui. Dès qu'il voyait quelqu'un, il pensait à son argent et son esprit travaillait automatiquement, il échafaudait des plans, cherchait des objections, y répondait…

Il était très intelligent. S'il avait raté lamentablement cette nuit, c'est qu'il l'avait bien voulu. D'ailleurs, les chauffeurs de taxi ne rapportent presque rien, puisqu'ils ont rarement plus de cent cinquante à deux cents francs en poche. Il aurait dû le faire aller plus loin que Versailles. Il aurait même pu s'installer à côté de lui, sous un prétexte plausible. Seulement il était trop fatigué et il n'avait mangé qu'un œuf dur en vingt-quatre heures.

Il ne s'asseyait pas. Le patron le suivait des yeux et Stan était assez malin pour deviner qu'il l'observait avec une curiosité inquiète.

— Donnez-moi… Attendez !… Qu'est-ce que c'est, ceci ?

— Du saucisson de campagne.

— À l'ail ?

— Il y en a un petit peu…

— Et ça ?

— Des rillons…

L'idée de manger venait de lui venir tout d'un coup, mais de manger vraiment, autant qu'il pourrait en engloutir. L'inspecteur viendrait. Il n'avait pas le droit de ne pas venir. Il payerait !

Déjà Stan en avait les doigts frémissants d'un vertige qu'il s'efforçait de contenir. Il voulait manger et, tant qu'il y était, il tenait à choisir quelque chose d'extraordinaire.

— Et ça ?

— De l'andouille…

— Qu'est-ce que c'est ?

— C'est de l'andouille !…

— Coupez-m'en un petit bout pour goûter… Merci… C'est très bon… Servez-moi des tranches d'andouille… Avec du pain… Et une bouteille de vin…

Il tremblait. Il voyait toujours, dans la grisaille de la rue, des silhouettes défiler, des camions passer. Il prenait son assiette, son pain, sa bouteille, allait s'asseoir à une table sombre, près de la fenêtre.

Nouchi avait-elle trouvé le moyen de manger ? Il y pensait. Mais même l'idée qu'il lui était peut-être arrivé un accident, que par exemple elle avait été renversée par un autobus, ne pouvait troubler sa joie formidable de manger.

— Encore de l'andouille… réclamait-il, la bouche pleine.

Il avait le temps et cependant il se dépêchait, sans quitter des yeux le carrefour où l'inspecteur Mizeri allait apparaître.

Un jeune homme descendait d'une camionnette, en ouvrait l'arrière, apportait dans le débit une pile d'énormes pains de campagne.

— Salut !… lançait-il en entrant d'autorité dans l'arrière-boutique.

— Salut !… répondait le patron en versant du vin dans un verre.

Parce que c'était tous les jours la même chose, à la même heure, et qu'ils n'avaient pour ainsi dire plus besoin de parler.

— À votre santé !

Le patron prenait la facture, la piquait sur une grande pointe fixée derrière lui dans le bois de l'étagère.

— Salut !

Il y a des gens comme ça ! Même ceux qui avaient l'air de courir sur le trottoir allaient d'un endroit à un autre !

— Vous m'en couperez encore quelques tranches…

Il n'avait plus faim. Il avait cru qu'il mangerait sans peine la moitié d'un pain et après deux tranches il avait déjà une boule sur l'estomac. Il ne mangeait plus que de l'andouille, décidé à en manger beaucoup. Il avait vidé plus de la moitié de la bouteille de vin rouge. S'il continuait, il serait ivre. Il le sentait. Il savait qu'il valait mieux ne pas l'être pour discuter avec l'inspecteur.

Il n'en commanda pas moins une seconde bouteille.

— Jeanne ! appelait le patron.

C'était la vieille de la cuisine, sans doute sa femme. Il n'avait pas besoin de la questionner. Il voyait bien qu'il avait saisi l'ardoise et le bout de craie.

— J'ai des poireaux à l'huile et de la betterave… Puis du fricandeau à l'oseille… Il n'y avait pas de légumes ce matin…

— Nouilles ? proposa-t-il.

— Des nouilles… approuva-t-elle.

Elle regarda Stan avec indifférence, s'étonna seulement devant les peaux d'andouille, échangea un regard avec l'homme.

Ouf ! Il avait sommeil ! Depuis combien d'heures n'avait-il pas dormi ? N'avait-il cessé à aucun moment de surveiller le carrefour ? Si l'inspecteur était venu et reparti ?

Une fois de plus, il s'y était mal pris. Puisqu'il le savait, c'était sans importance. Il n'y avait pas de déshonneur. Par exemple, il était évident que l'inspecteur avait aussitôt fait rechercher d'où venait l'appel téléphonique. Stan aurait dû téléphoner d'un point déterminé et courir ensuite dans un autre quartier.

Mizeri était libre d'arriver avec deux ou trois hommes, de lui mettre la main au collet et de l'emmener.

Stan aurait dû prendre d'autres précautions encore et même…

Il demanda avec une anxiété :

— Vous avez des cigarettes ?

— Seulement des bleues…

Pourquoi hésitait-il à commander des cigarettes, n'ayant pas d'argent en poche, alors qu'il n'avait pas hésité à manger et à boire ?

— Merci ! Je payerai le tout ensemble…

Idiot ! La preuve, c'est que le patron tiquait. C'était laisser supposer qu'il n'était pas en état de payer tout de suite. Si désormais il avait l'audace de se rapprocher de la porte, le marchand de vins croirait sûrement à son intention de filer sans payer !

Et si l'inspecteur allait ne pas venir ? On entendait des oignons rissoler dans la cuisine, pour le fricandeau. L'odeur du débit s'épiçait en restant épaisse, campagnarde.

… Si, au lieu de demander cinq mille francs une fois pour toutes, il exigeait cinq mille francs par tête ? Et s'il faisait beaucoup mieux, si par-dessus le marché il prévenait Frida, et prenait un autre arrangement avec elle ?

Le patron étalait des nappes en papier sur les tables, y posait des verres retournés, des huiliers, des salières.

— Le voilà ! lança soudain Stan.

C'était venu quand il n'y pensait pas. Là, juste au coin, un pardessus beige très clair, presque jaune, en grosse ratine : l'inspecteur Mizeri, petit, maigre et noiraud, avec ses pieds de femme et ses hauts talons, une écharpe rouge autour du cou !

Le bistrot, deux verres à la main, s'était retourné. Stan ne voulait pas lui laisser penser qu'il avait peut-être l'intention de fuir.

— C'est un fonctionnaire du ministère… expliqua-t-il en ouvrant la porte. Hé !… Monsieur Mizeri !…

Il devait se retenir de parler. Des tas d'idées lui sautaient à l'esprit, un fatras de phrases, dans toutes les langues. Il ne tenait pas en place. Il montrait sa table à l'inspecteur qui gardait les deux mains dans les proches, tentait de sourire, balbutiait :

— Vous me reconnaissez ? Je parie que vous n'avez pas reconnu ma voix au téléphone… Vous êtes étonné de me retrouver à Paris, n'est-ce pas ?…. Je vous expliquerai… Qu'est-ce que vous buvez ?

L'inspecteur portait un petit chapeau gris rabattu sur les yeux à la façon des gangsters américains. C'était un Corse. Sa main s'ornait d'une bague à gros brillant qui devait être faux. Il allumait une cigarette.

— Un petit pastis, patron !

Il faisait des grimaces, non seulement à cause de la fumée de sa cigarette, mais parce que c'était un tic, une contenance. Il feignait de ne pas s'intéresser à Stan.

— J'ai pensé tout de suite à vous parce que vous avez été très gentil avec moi… Quand vous nous avez reconduits à la frontière, voilà trois mois, vous nous avez même payé des bouteilles de bière à la gare de Strasbourg… Vous vous souvenez ?….

Il quémandait une approbation, n'importe quoi. Il souriait jaune, oubliait son nez, le touchait par inadvertance.

— J'ai eu un accident !... Je vous raconterai ça aussi... Je me suis dit : puisque l'inspecteur a été si chic, c'est à lui qu'il faut donner cette affaire-là...

Il parlait trop. Il était ivre et s'en apercevait tout à coup, essayait de se retenir. Et, comme si cela eût pu servir à mieux se faire comprendre, il adressait des clins d'œil à l'inspecteur.

— C'est une grosse affaire, hein ?.... Une très grosse affaire !... Je suis sûr que le gouvernement payerait cher pour en finir avec la bande des Polonais... Moi, dès qu'ils ont attaqué la première ferme et que j'ai lu les détails dans le journal, je me suis douté de la vérité... Il faut vous dire que j'étais en Amérique il y a quatre ans, quand ont éclaté des attentats du même genre... Et ce n'est pas tout !... Cela remonte à beaucoup plus loin...

Il avait peur, soudain, sans raison. Il était là, perdu au milieu de ses phrases, à chercher un terrain ferme. Et, sans doute à cause d'un faux mouvement, son nez saignait à nouveau. Pour parler, il se penchait, épiant le patron qui s'était installé au comptoir où il comptait des ronds de saucisson dans les raviers.

— Avouez que la police ne sait rien sur eux ! Ils sont malins ! Même en Amérique on n'a jamais pu fournir de preuve et c'est ainsi qu'ils ont eu la liberté de venir en France...

— Ils sont à Paris ? questionna paisiblement l'inspecteur.

Est-ce que Stan devait répondre oui ou prendre auparavant ses précautions ?

— Écoute ! Ce n'est pas la peine de faire le mariolle ! Il existe toujours un arrêté d'expulsion contre toi, n'est-ce pas ? Qu'est-ce que tu as fait de ta poule ?

— Je ne sais pas.

Pour la première fois qu'il était tout à fait sincère... Et pourtant c'est ce qui fit tiquer le policier !...

— Elle n'est plus avec toi ?

— Je vous expliquerai. C'est compliqué... Peut-être que je la retrouverai tout à l'heure ?.... Peut-être est-ce vous qui me la rendrez ?....

Il ne fallait pas se montrer trop humble.

— D'abord les affaires !... Avouez que ça vaut cinq mille...

— Où sont-ils ?

— Qui ?

— Tes Polonais... N'essaie pas de me faire marcher où je te boucle immédiatement...

— Vous n'êtes pas juste, monsieur l'inspecteur... Je suis honnête... Je suis franc... Je vous dis : on m'a expulsé, mais je ne pouvais aller nulle part... Alors, j'ai fait comme les autres, je suis revenu... Qu'est-ce que je demande ?.... De vivre tranquillement dans un coin et de travailler... Est-ce que je ne travaillais pas quand vous m'avez arrêté à Capestang ?.... Ah !... Qu'est-ce que je faisais ?.... Je m'étais embauché pour les vendanges... Et vous savez que c'est dur... Avant, je m'étais loué pour les betteraves... Alors, je me suis dit : si l'inspecteur veut te faire obtenir une carte de travailleur et te donner un petit quelque chose, cinq mille francs, par exemple, ce sera la fin des ennuis...

— Et toi, tu mangeras le morceau !

— Quel morceau ?

— Va toujours... Tes Polonais ?

— Vous ne me comprenez pas, ou plutôt vous me comprenez bien mais vous faites semblant… Si je parle et qu'après vous me conduisiez encore une fois à la frontière…

Il n'aurait pas dû, mais il le fit quand même : par deux fois, il vida son verre de vin et le sang lui monta à la tête.

— Combien de personnes ont-ils tué ? Rien qu'en France ! Six ?…. Huit ?…. Bon ! Qu'est-ce que ça peut vous faire, pour les empêcher de continuer, de me donner cinq mille francs et de me permettre de travailler honnêtement ?….

— Tu es polonais ?

— Vous le savez aussi bien que moi ! Je suis né à Wilno. Donc, avant la guerre j'étais russe. Après, nous avons été lithuaniens… Les Polonais sont venus mais, au fond, nous sommes toujours lithuaniens… C'est parce que nous avons eu une bagarre avec des officiers, quand j'étais étudiant, que j'ai dû… Écoutez, monsieur l'inspecteur !… Il faut absolument que vous compreniez… J'ai vécu à Berlin, à Monte-Carlo, à Paris, à New York… À présent…

C'était le vin : il commençait à pleurer.

— Il faut que vous m'aidiez… Tenez ! Je vais vous avouer une chose que je ne devrais pas vous avouer… Je sais que vous ne me trahirez pas… Cette nuit…

Trop tard pour s'arrêter. Il renifla, avec la sensation de glisser dans un abîme et, par extraordinaire, c'était presque voluptueux. Il se pencha. Ses yeux devinrent fixes. Si Nouchi était entrée, elle aurait compris dès le seuil, rien qu'à lui voir ces yeux-là.

— On nous a mis à la porte de notre hôtel parce que nous ne pouvions plus payer… Qu'est-ce que vous voulez qu'on fasse, surtout l'hiver, quand on n'a pas de carte de travail ?…. J'ai déchargé des choux aux Halles… On m'a donné dix francs… J'ai mangé un œuf dur…

Voilà que cet œuf dur prenait une importance insoupçonnée et que Stan s'attendrissait à l'évoquer.

— Il faisait froid… Nouchi, qui avait froid aussi, ne disait rien… Elle n'a jamais rien dit et pourtant son père était un des plus riches avocats de Budapest… Mon père à moi était professeur… Eh bien ! cette nuit, ne sachant plus que faire, j'ai attaqué un chauffeur de taxi… Vous voyez que moi j'ai confiance en vous !… Vous pourriez me mettre en prison, bien que vous n'ayez aucune preuve…

Il restait lucide en dépit de sa fièvre et du vin !

— J'ai raté et je me demande si je ne l'ai pas fait exprès de rater… C'est moi qui ai reçu des coups… Il m'a même forcé à remettre la roue de secours !… Est-ce croyable ?…. Maintenant, je vous demande cinq mille francs… Qu'est-ce que c'est pour le gouvernement français ?….

Ses yeux brillèrent. Il venait d'entrevoir des arguments définitifs.

— Si on ne me les donne pas, qu'arrivera-t-il ? Peut-être me reconduirez-vous à nouveau à la frontière et déjà cela coûte cher… Je reviendrai, puisque je ne peux pas aller ailleurs… Vous ne me reprendrez pas tout de suite… Pendant ce temps-là, il faudra que je fasse n'importe quoi, peut-être tuer quelqu'un, peut-être plusieurs personnes… Si vous me prenez, vous serez obligé de me nourrir en prison, de faire un procès… Est-ce que tout cela ne coûtera pas plus de cinq mille francs ?….

Ce chiffre l'hypnotisait. Une heure avant, il l'avait improvisé dans la cabine téléphonique. Il aurait aussi bien dit deux mille que dix mille. Mais non : c'était cinq mille ! Il n'en démordait pas ! Ce chiffre était désormais tout son avenir, représentait tout ce que la vie pouvait lui apporter.

Qu'on lui donne cinq mille francs et ce serait fini des malheurs et des ennuis. Il en était sûr !

— En Amérique, j'ai vu offrir jusqu'à dix mille dollars pour la même chose ! Je sais que vous avez une caisse spéciale ! C'est ainsi dans tous les pays. Pensez à ce que je risque…

L'inspecteur, qui avait posé son étui à cigarettes devant lui, écoutait patiemment, sans manifester d'intérêt.

— Dis donc, Stan… Tes Polonais sont-ils à Paris ?

Il ne voulait pas répondre avant d'avoir l'argent.

— Parce que, s'ils sont à Paris, cela ne me regarde pas. C'est l'affaire de la Police Judiciaire…

Stan accusa le coup, se montra tout déconfit.

— Et alors ?

— Alors, tu n'as qu'à t'adresser au Quai des Orfèvres…

— Ils me donneront les cinq mille francs ?

— C'est leur affaire… Moi…

Il fit mine de se lever.

— Monsieur l'inspecteur… Attendez !… Ce n'est pas possible… Il doit y avoir un moyen de s'arranger autrement…

Il ne fallait surtout pas le laisser partir. Pour un peu, il se fût cramponné à sa manche.

— Écoutez !… Je n'ai plus qu'un franc quatre-vingts en poche… La communication téléphonique n'est pas payée, ni ce que j'ai mangé… Réfléchissez… Celui qui arrêtera les Polonais, vous le savez bien, aura de l'avancement, des félicitations, son portrait dans les journaux… Si vous allez à ma place au Quai des Orfèvres… Vous comprenez ?….

— Je crois que je vais tout bonnement t'y conduire.

— Mais ce n'est pas possible ! Je ne veux pas ! Ce n'est pas ça que vous m'avez promis !

— Remarque que je ne t'ai rien promis du tout.

— Je vous ai dit, au téléphone…

— Comment s'appellent-ils ?

— Qui ?

— Les Polonais.

— Je ne sais pas leur nom.

— Tu vois !

— Je les connais ! Je vous jure que je les connais ! Et je sais au moins le nom de la femme…

— Il y a une femme ?

— C'est elle qui… Vous n'allez pas me faire parler pour rien ?…. Ce n'est pas juste, monsieur l'inspecteur… Vous abusez de ce que j'ai absolument besoin d'argent…

Il était onze heures juste. Il s'en souvint toujours. Le patron en profita pour remonter la pendule.

— Tu devrais aller chercher du gruyère à côté, Jules ! cria la femme, de la cuisine.

Il regarda ses deux clients, fut probablement rassuré, car il sortit, non sans mettre sa casquette qui était une casquette de cheminot dont on avait décousu les insignes.

— Je comprends que vous n'ayez pas confiance… On peut s'arranger d'une autre façon… Sur les cinq mille francs, je ne vous demande que la moitié tout de suite… Le reste, vous me le donnerez quand vous les aurez arrêtés… Vous voyez que…

— Je n'ai pas deux mille cinq cents francs…

— Alors, donnez-m'en mille… Vous avez bien mille francs sur vous ?…. Je vous avais prévenu…

— Où as-tu rôdé ces derniers temps ?

— Un peu partout… Vous savez comment ça va quand on cherche à bricoler…

— Tu étais inscrit à l'hôtel sous ton nom ?

Stan pâlit.

— C'est-à-dire… Non…

— Dans ce cas, tu as de faux papiers ?

Comment en sortir ? L'inspecteur l'avait eu ! Si Stan disait la vérité, on se rendrait à l'*Hôtel de Birague* et on n'aurait plus besoin de lui !

— Je n'étais pas à l'hôtel…

— Tu as prétendu le contraire tout à l'heure.

— C'est-à-dire que la chambre était louée par un ami…

— Par Nouchi, n'est-ce pas ?

— Ce n'est pas vrai !

Il mentait mal. C'était vrai. Comme Nouchi avait un passeport régulier, c'était à son nom que la chambre avait été louée. Désormais, l'inspecteur n'avait plus qu'à se rendre à la brigade des garnis et à compulser les fiches. Quand il trouverait le nom de Nouchi Kersten, il en saurait presque autant que Stan.

— Je vois que vous ne voulez pas payer ! gémit celui-ci avec amertume. Vous croyez que vous pourrez vous passer de moi. Mais vous vous trompez ! Donnez-moi seulement mille francs maintenant… Je vous laisserai le temps pour le reste… Mille francs sur cinq mille.

Il avait envie de pleurer, de rage, de désespoir. Et le plus terrible c'est qu'il se sentait abandonné par tous ses moyens. Il avait trop bu, trop mangé. Il rotait, tombait de sommeil et ses yeux étaient luisants comme ceux d'un grand fiévreux.

Le patron rentrait avec un petit paquet de papier blanc qu'il portait à la cuisine.

— Je vous dois ? questionna l'inspecteur Mizeri.

— Le tout ?

Stan écarquillait les yeux.

— Le tout, oui.

— Il y a deux bouteilles de beaujolais, quatre portions d'andouille, deux beurres… Ah ! J'oubliais une communication téléphonique… Puis le pernod… douze et quatre et trois… Plus un et…

— Inspecteur ! appela humblement Stan toujours assis.

Mizeri payait avec un billet de cent francs. On en voyait d'autres dans le portefeuille qu'il gardait ouvert à la main, cinq ou six autant que Stan pût en juger.

— Si seulement vous me donnez…

Il sentait que son partenaire hésitait ; les doigts feuilletaient les billets comme un livre. L'inspecteur fut sur le point d'en prendre trois, puis deux. Enfin il en sortit un seul, le jeta sur la table.

— Monsieur l'inspecteur…

Le policier ne se donnait pas la peine de sauver la face aux yeux du patron.

— Essaie de ne pas faire le malin, c'est tout ce que je puis dire : je te tiens à l'œil !

Le marchand de vins avait si bien compris qu'il prononçait en rendant la monnaie :

— Voici, monsieur l'inspecteur.

Celui-ci se retournait, insistait :

— Compris ?

Et la porte s'ouvrait, se refermait. Le pardessus jaune s'éloignait. Stan se penchait mais ne parvenait pas à savoir si le policier faisait ou non signe à quelqu'un.

— Faut que je mette la table ! grommelait le patron sans essayer d'être aimable.

Il attendait. C'était clair. Stan n'avait qu'à s'en aller. On l'avait assez vu.

— Je…

Il aurait voulu trouver une phrase qui lui rendît un peu de prestige. Il le faisait exprès de se verser le fond de la bouteille et de le boire, puis de plier lentement le billet de cent francs en quatre. À l'instant où il le glissait dans sa poche, le bistrot se ravisa.

— J'ai oublié de compter les cigarettes…

Il alla faire la monnaie à son comptoir. Stan le haïssait comme peut-être il n'avait haï personne. Sans savoir pourquoi, il n'en voulait pas à l'inspecteur Mizeri, mais à cet homme aux grosses moustaches, au tablier bleu, qui le mettait tranquillement à la porte de son débit pour paysans.

Quelqu'un le guettait dehors, c'était sûr, un policier que Mizeri avait amené avec lui dans ce but. Lequel était-ce ? Ça grouillait dans la rue. Stan, une jambe endormie, boitillait. Il avait toujours sommeil, regardait les gens en dessous, méchamment, en même temps qu'il s'effaçait le long des murs pour leur céder le passage.

Il ne pensait pas, ne se disait pas qu'il allait faire ceci ou cela. D'instinct, comme d'autres vont à leur bureau depuis des années et des années, il se dirigeait vers le faubourg Montmartre, vers le rendez-vous donné à Nouchi. Il longeait une façade grise, en pierre de taille, garnie de grilles aux fenêtres : c'était une banque. Un gamin qui se faufilait dans la foule en courant lui marcha en plein sur le pied. Or, depuis le temps où il était tout petit, à Wilno, et où il avait encore sa mère, il souffrait d'engelures chaque hiver.

Cela lui fit si mal qu'il resta un moment immobile, debout, comme sans connaissance.

3

Traînant la patte, les prunelles agrandies, rendues fixes par la fatigue, il poussa la porte vitrée qui divisait le vestibule en deux parties, reconnut le paillasson et son inscription rouge, le cache-pot de faïence et sa plante verte à gauche de la rampe d'escalier. Il n'y était venu qu'une fois, mais le décor lui était déjà familier, et dans deux jours, dans six mois, dans un an, il évoquerait avec nostalgie le petit bistrot sombre où il avait mangé tant d'andouille.

Pour l'instant, il en était plutôt malade et cependant un temps viendrait où ce serait un des grands souvenirs de sa vie !

On le laissait attendre. Il aurait pu annoncer d'avance que c'était un hôtel comme ça, avec trop de place, trop de silence ; il était libre de monter le large escalier, d'ouvrir au hasard les portes des chambres.

Il toussa et sa toux monta les cinq étages sans rencontrer le moindre obstacle. Il remua les pieds, frappa à une porte. Enfin, par une autre porte située à l'opposé, un homme jaillit, tout étonné.

C'était celui du matin, mais il était lavé, rasé, cosmétiqué ; il portait du linge blanc et un complet noir de demi-cérémonie.

— Il y a longtemps que vous êtes ici ? Vous n'avez pas vu le portier ? Qu'est-ce que c'est ?

La silhouette de Stan lui rappelait quelque chose, il ne savait pas quoi.

— Mon amie est descendue chez vous… Nouchi Kersten… Si vous voulez me dire le numéro de la chambre…

— Vous êtes M. Stan ?

— C'est cela.

— On a laissé un mot pour vous.

Il fit sauter l'enveloppe, trouva un billet de cent francs dans un bout de papier douteux, déchiré n'importe comment, du papier qui sert à envelopper les sandwiches dans les bars.

Mange et prends une chambre. Je t'expliquerai ce soir.

Nouchi.

Tant pis si le patron, ou le gérant, avait aperçu le billet de cent francs. Stan, bien qu'humilié, tenait à se persuader que cela lui était égal.

— Elle est venue elle-même ?

— Qui ? Cette demoiselle ? Il était… attendez… environ onze heures…

— Elle était seule ?

— Je crois… C'est-à-dire que quelqu'un l'attendait dans le vestibule…

— Un homme ? De quel âge ? Comment était-il ?

— Je n'ai pas fait attention… Un monsieur bien, il me semble, d'âge moyen, à peu près comme moi…

— Donnez-moi une chambre…

Il ne pouvait plus attendre. Il serait arrivé la pire catastrophe, on l'aurait arrêté, menacé de mort qu'avant tout, avant même de se défendre, il aurait dormi. L'escalier était ciré, de proportions bourgeoises. Tout était bourgeois, les portes peintes en jaune moucheté, l'odeur, la bonne qui entassait des draps de lit au fond d'un corridor.

Il était déjà chez lui, comme partout. Il arrivait et il commençait par renifler, en promenant sur les objets un regard méfiant. À chaque fois, il lui semblait que l'atmosphère lui serait hostile, imperméable. Et par la suite elle lui collait à la peau plus fort que des souvenirs d'enfance.

D'ailleurs, avait-il des souvenirs d'enfance ? Il détestait son enfance !

— C'est combien, cette chambre ?

Il crut avoir posé la question, s'aperçut ensuite qu'il l'avait pensée mais que ses lèvres n'avaient pas remué. Tant pis ! Il avait de l'argent pour payer. Il avait repéré, en passant, une plaque d'émail avec le mot « Bains ». C'était deux portes plus loin. Depuis longtemps il avait envie d'un bain. Cependant il ne pouvait pas le prendre tout de suite. Il était trop fatigué. Il avait la fièvre. Peut-être allait-il vomir ? Il retirait ses vêtements, les laissait tomber sur le tapis sombre. Tout nu, il restait encore un bon moment devant l'armoire à glace. On frappa.

— Qu'est-ce que c'est ?

— Ce sont les serviettes.

La femme de chambre courte et costaude qui avait l'air d'une mère de famille nombreuse ! Il entrouvrit la porte, prit les serviettes.

Qu'est-ce que Nouchi avait fait jusqu'à onze heures ? Où avait-elle eu les cent francs ? Où était-elle allée ensuite ? Avait-elle suivi un homme pour un peu d'argent ? Cela aurait étonné Stan. L'amour la dégoûtait, même avec lui, à vrai dire. Sans compter qu'elle ne serait pas restée jusqu'à onze heures du matin avec un compagnon de passage ! Et elle ne serait pas allée le rejoindre !

Il y avait autre chose. Mais quoi ? Qui avait-elle rencontré ? Pourquoi n'avait-elle pas mis une explication, ne fût-ce qu'une phrase sur le papier ? « Je suis ici ou là… »

Dans les draps, il frissonna et tout de suite la chambre perdit sa consistance, son immobilité, et il vogua, avec des bonds et des descentes à donner mal au cœur.

Est-ce qu'il dormit ? Il ne dormait jamais complètement. Ses pensées le grignotaient toujours, toujours compliquées, enchevêtrées, plus compliquées et plus enchevêtrées dès qu'il avait les yeux fermés.

Invariablement, il commençait de la même manière, pour mettre de l'ordre. Il voyait une feuille de papier blanc, traçait un gros point, ainsi qu'on marque les villes importantes sur les cartes.

C'était Wilno. C'était lui, *avant* ! Une vaste maison froide près de la chapelle d'Ostra Brama. Un appartement immense et laid qu'on ne pouvait jamais animer tout à fait. Dans le salon, par exemple, les murs étaient rouges, d'un rouge sombre, la cheminée en faïence verte.

Il détestait l'appartement, la maison qui contenait dix appartements semblables et un porche plein de courants d'air ; il détestait les rues, les couleurs, le vert de la casquette qu'il portait à l'université ; et ce vert-là, un vert bouteille, celui, à peu près, de la cheminée de faïence, résumait encore pour lui, non seulement Wilno, mais toute une époque de sa vie.

Jusque-là c'était facile. Était-ce vraiment si facile que ça ? Pourquoi n'aimait-il pas sa maison, ni son père, le professeur de mathématiques au visage glacé, à la petite barbiche grise qui maintenant devait être blanche ?

Il ne le connaissait même pas ! Pas plus que ses élèves ne le connaissaient ! Stan n'aimait pas la cuisine qu'on faisait chez lui. Il se souvenait à peine de sa mère qui était morte quand il avait six ans, mais il revoyait nettement les tentures noires à la porte.

Il traçait un trait, un trait indécis qui allait vers le nord. C'était l'Événement, la route qu'ils avaient suivie ! À la faculté de médecine, comme dans les autres facultés, si les étudiants ne conspiraient pas, ils se montraient volontiers antipolonais.

Yagov, le fils du conseiller aulique, avait pu disposer un dimanche de la voiture de son père. Il ne neigeait que depuis quelques jours. On pouvait encore rouler sur les routes. Tous les quatre avaient pris leur fusil pour chasser l'oie sauvage.

Pourquoi ? Stan n'aurait jamais pu le dire. Parce qu'on croit que certaines choses vous font plaisir, alors que ce n'est pas vrai. Il avait dû se lever tôt, dans l'obscurité, et il avait horreur de se lever tôt. Il n'aimait pas davantage le froid, ni les oies, ni d'être conduit en auto par Yagov qui voulait épater ses camarades.

Quand ils avaient quitté la ville pas encore éveillée, il avait déjà une sensation de malaise.

— On ira du côté de la frontière…

La frontière qu'ils ne voulaient pas admettre, la frontière lithuanienne, non loin de la ville. Ils avaient mangé dans une maison pauvre en bois, où criaillaient des bébés et où ça sentait le lait suri.

Trois ans après, il aurait eu son diplôme de médecin et il aurait pu aller n'importe où !

Le ciel était bas, les sapins noirs, la neige pas assez ferme, fondante par endroits. Dans un petit bois, ils avaient guetté les oies pendant des heures et ils n'avaient vu que des corbeaux.

Le chemin de fer était tout près, le fameux chemin de fer de Kaunas à Wilno dont les rails étaient arrachés juste à l'endroit de la frontière ; des arbres poussaient déjà entre les traverses.

À cent mètres les uns des autres, de chaque côté du poteau, des soldats, écrasés de capotes en éteignoir qui touchaient presque terre, montaient la garde, le fusil à l'épaule, trois Lithuaniens d'un côté, trois Polonais de l'autre.

C'était un temps pour rester chez soi, à dormir, ou pour aller au cinéma. L'aube durerait toute la journée et rejoindrait le crépuscule sans qu'une tache plus claire dans les nuages marquât un instant l'emplacement du soleil.

Et voilà que Yagov, qui était près de lui, lui donnait un coup de coude. On ne voyait pas d'oies, ni aucun gibier. C'était l'heure de s'en aller et alors tout eût été différent.

Ce que Yagov montrait, c'était un soldat, un des Polonais, qui avait quitté les autres et qui était entré dans le petit bois. Il se croyait seul. Il était d'un roux ardent. Il fumait une longue pipe allemande en bois sculpté.

C'était amusant de rester là sans bouger, les yeux fixés sur lui, tandis qu'il posait son fusil contre un arbre, puis qu'il débouclait son ceinturon, baissait la culotte.

Il s'était accroupi. Jamais quelqu'un n'avait paru plus calme, plus doucement rêveur que ce soldat vêtu de gris, aux poils de feu, dans ce bois de sapins feutré de neige et de brume.

Yagov avait tiré ! Stan aurait pu jurer qu'il avait senti que son compagnon allait le faire. Il avait presque suivi les progrès de cette pensée, de ce vertige dans le cerveau de son ami. Il avait été le premier à se lever, à courir vers l'auto. Ils s'y étaient retrouvés trois. Il en manquait un, un fils de paysan dont on avait l'habitude de se moquer.

Déjà la voiture était loin quand on avait entendu le claquement des mausers.

Comment aurait-il tracé tout cela sans se servir de petits traits ? Et des courbes. Des croix. C'était beaucoup plus compliqué que ça n'en avait l'air. Il n'avait rien dit chez lui. Pendant trois jours, ils avaient vécu comme d'habitude. Puis, dans un fourré, on avait retrouvé le corps de leur camarade.

À la leçon d'anatomie, ils s'étaient regardés, Yagov et lui, et leur décision avait été prise : il fallait partir. Les journaux parlaient d'un complot.

Il n'avait pas averti son père et il avait emporté tout l'argent qu'il y avait dans la maison, en forçant les serrures. Il était arrivé à Berlin deux jours plus tard. Il avait perdu Yagov en route.

Voilà pour le commencement qui n'était en réalité qu'une partie du commencement. Il y avait encore Frida Stavitskaïa, qui ne semblait pas encore rattachée à sa destinée. Mais enfin, il la connaissait.

Quel besoin le rongeait de tout vouloir expliquer et d'entrer dans les moindres détails ? Il était déjà comme cela quand il était petit. Il n'oubliait rien. Il discutait, embrouillait tout à force de vouloir prouver. Et il avait tort à force d'avoir raison !

Il ne s'était jamais préoccupé de son père. On l'avait mis en prison. Il y était resté près d'un an et on l'avait relâché sans lui rendre sa place de professeur. Beaucoup plus tard, à New York, on avait dit à Stan qu'il était toujours le même, petit, sec, glacé, mais mal habillé, misérable, et qu'il donnait quelques leçons à des petites gens.

Quant à Frida Stavitskaïa… Il se retournait, ouvrait les yeux un instant, ce qui prouvait qu'il ne dormait pas. Il se demandait même s'il n'allait pas se lever pour vomir, mais il n'en avait plus le courage. Il finirait bien par digérer son andouille !

La chambre donnait sur la cour. Donc, il était inutile de regarder par la fenêtre pour essayer de repérer le policier. Il était sûr qu'il y en avait un et c'était le principal. Il connaissait la police et ses trucs. Il était trop fatigué.

Après Frida Stavitskaïa il y avait Nouchi… Que pouvait-elle faire ? C'était presque comique de penser qu'à la même heure elle était peut-être couchée avec un homme. Il sombrait, avec la chambre, avec l'hôtel entier…

Cependant une inquiétude le poignait : combien de temps faudrait-il à l'inspecteur Mizeri pour retrouver, dans les fiches des garnis, leur passage à l'*Hôtel de Birague* ?

Ça fait, la police irait trouver le tenancier, examinerait la liste de tous les locataires.

Peut-être ne s'inquiéterait-on pas de Frida parce que c'était une femme ? Mais n'avait-il pas parlé d'une femme, le matin, à l'inspecteur ? Toujours son défaut, son vice : il parlait trop !

Peut-être l'hôtelier, qui devait être un peu indicateur comme tous ses pareils, raconterait-il qu'ils étaient une bande, au troisième étage, à vivre dans deux chambres avec Frida ?

Du coup, on ne lui donnerait pas ses cinq mille francs !

Il suait, pensait qu'il avait eu tort, qu'il n'aurait

pas dû rester à l'*Hôtel des Étrangers* mais laisser un mot pour Nouchi et courir au plus vite rue de Birague. Là, il aurait surveillé ses cinq mille francs, il les aurait défendus.

Et s'il avait fait exactement le contraire ? S'il était allé trouver Frida ? S'il lui avait déclaré :

— Donnez-moi cinq mille francs et je vous sauve !...

Le même prix ! C'était une idée fixe : cinq mille !

— Je sais que la police va venir... Elle est sur la bonne piste...

Cela ne l'empêcherait nécessairement pas de toucher aussi les cinq mille francs de l'inspecteur !

Le nez lui brûlait. Il se grattait les orteils dévorés d'engelures et ne cessait de se retourner lourdement. Par moments, il croyait avoir faim, mais c'était sa mauvaise digestion.

Avait-il dit qu'on le réveille ? Il ne savait plus. Il était trop tard.

Il n'avait pas non plus pensé à téléphoner à Ignatieff.

Il faisait noir. C'est à peine si un vague halo venait de la fenêtre parce qu'une autre fenêtre était éclairée sur la cour. Il aurait voulu savoir l'heure. Une angoisse le prenait, le faisait se lever, s'habiller en hâte sans penser à se laver. Pour une fois qu'il avait une salle de bains à sa disposition, deux portes plus loin, il n'avait pas le loisir de se laver à l'eau chaude.

Il descendit l'escalier en pinçant les narines, en prononçant des syllabes à mi-voix.

— Patron !… Quelqu'un !… Hé !… Quelqu'un…

Toujours le vide, dans cet extraordinaire hôtel ! Quelle heure était-il donc ?

— Quelqu'un !

— Chut !…

Ce n'était pas le patron. C'était une femme, en tenue de nuit, un peignoir passé sur son linge.

— Qu'est-ce que vous voulez ?

— Quelle heure est-il ?

— Je ne sais pas… Plus de deux heures…

— Il n'est venu personne pour moi ?

— Qui êtes-vous ?

— M. Stan… Le 17…

— Vous avez rempli votre fiche ?

C'est vrai qu'on ne lui avait pas fait remplir sa fiche ! Une seule lampe brûlait en veilleuse.

— Vous partez ?…. Alors, il faut que je demande à mon mari…

Elle était désolée.

— Il vient justement d'avoir sa crise…

Une crise de quoi ? Cardiaque, sans doute ?

Tant pis ! Stan entendait la voix de la femme derrière une porte.

— Ferdinand… C'est le 17… Ne te dérange pas… Il n'est venu personne pour lui ?…. Il s'en va… C'est payé ?….

— Non ! Il n'est venu personne ! vint-elle déclarer. Vous devez trente francs plus le service…

— Écoutez… S'il venait quelqu'un, une femme, vous diriez que je passerai demain… Qu'elle laisse un message… Je peux compter sur vous ?

Et s'il allait se rencontrer sur les boulevards avec son chauffeur de la nuit précédente ?

Il ne tenait pas en place. Il avait besoin de se rassurer sur le sort de ses cinq mille francs. Il oubliait, en sortant, de chercher autour de lui le policier chargé de le suivre. Il se précipitait, presque en face, au coin de la rue Montmartre, dans le café où Nouchi et lui avaient mangé des œufs durs.

— Garçon ! Vous vous souvenez de la personne qui était avec moi la nuit dernière ?

Était-ce lui qui était endormi ou les autres ? Le garçon le regardait mollement, comme la femme de l'hôtel, à croire qu'ils étaient tous somnambules.

— La nuit dernière ?

— J'ai pris deux œufs durs et du café… Une jeune fille en gabardine…

— Attendez… Une gabardine… Il me semble que je vois quelque chose comme ça… Elle n'était pas avec un grand brun ?

— Je ne sais pas. Je vous le demande…

— Non !… Celle-là, je la connais… C'est Léa, une habituée… Non… Je ne me souviens pas…

Il faillit partir sans payer le café qu'il avait bu.

C'était bien le moment pour Nouchi de disparaître ! Peu importait de savoir s'il l'aimait ou s'il ne l'aimait pas. Le fait est qu'il n'avait qu'elle ! Et qu'ils allaient probablement jouer à cache-cache, qu'il faudrait retourner à l'*Hôtel des Étrangers*, Dieu sait quoi encore ?

Il était furieux, malheureux ! Il avait toujours été furieux et malheureux parce que toujours, fût-ce à

Wilno, il avait eu conscience d'être victime d'une terrible injustice.

Le sort lui en voulait ; les hommes aussi. Il ne lui arrivait rien comme aux autres, bien qu'il déployât en un mois plus d'énergie qu'il n'en fallut à Napoléon pour devenir général. Il était aussi intelligent, sinon plus, que n'importe qui !

Pourquoi ne le suivait-on pas ? Qu'est-ce que ça cachait encore ? Il marchait vite, exprès, le long de la rue Montmartre, en direction des Halles. Les pavés étaient secs et durs. Il aurait dû entendre des pas derrière lui.

Pourquoi l'inspecteur ne l'aurait-il pas fait suivre par un collègue ? Comment, autrement, espérait-il le retrouver dans Paris ? Quelle était son arrière-pensée ?

Il avait beau s'arrêter, repartir, scruter le trottoir d'en face, faire demi-tour, il ne voyait pas de suiveur. Il atteignait déjà les Halles. Il reconnaissait, près d'un camion, son étudiant de la veille, et l'étudiant, surpris, lui adressait un vague bonjour.

Il ne sentait pas le froid. Il était trop agité. Il ne sentait pas ses engelures.

À l'*Hôtel de Birague*, il n'avait pas payé les quinze derniers jours de loyer. Et après ? Il discuterait s'il le fallait. Est-ce que le patron l'avait mis à la porte, oui ou non ? S'il l'avait mis à la porte, c'est qu'il renonçait à son argent et, d'ailleurs, il avait gardé la valise qui contenait encore un peu de linge, un peigne, un rasoir, quelques objets, entre autres une paire de souliers de Nouchi.

Donc, maintenant, il était un nouveau voyageur,

qui n'avait rien de commun avec le précédent, on n'avait pas le droit de lui refuser une chambre !

Il lui fallait la même ! Pourvu qu'elle ne fût pas déjà louée ! Dans ce cas, il n'entendrait plus ce qui se passait chez Frida.

La rue Saint-Antoine. Il se demandait si la confiserie serait encore ouverte. C'était idiot. Elle ne pouvait pas l'être à trois heures du matin. Mais il était incapable de rester longtemps sans se poser de questions et sans plisser le front en essayant d'y répondre.

Il s'arrêta net. Il apercevait l'*Hôtel de Birague* et voyait nettement des raies de lumière aux persiennes de la chambre de Frida.

C'était ennuyeux. Elle l'entendrait pénétrer dans la chambre voisine, se demanderait peut-être qui c'était ? Il se retourna. Il n'y avait personne, sinon très loin dans l'immense tranchée de la rue.

Il frappa à la porte, se décida à presser le timbre électrique. Ses lèvres remuaient. Il répétait à voix basse ce qu'il allait dire au patron. Il avait envie de s'en aller sans attendre. Pourquoi n'avait-il jamais tenu compte de ses intuitions ? Pourquoi faisait-il toujours exactement le contraire ?

Il entendit le déclic de la minuterie. La lampe du corridor s'éclaira. Le guichet, à droite, s'ouvrit.

— C'est vous ! fit la voix de la brute.

Car c'était une brute qui laissait mourir sa femme dans la plus mauvaise chambre de la maison, sous les toits, et qui faisait l'amour avec les bonnes, debout, n'importe où il les trouvait !

— Je voudrais une chambre.

Pourquoi le patron sortait-il de son trou et allait-il refermer la porte de la rue ? Il barrait le passage, poussait Stan vers l'escalier, sans en avoir l'air.

— On m'a justement demandé de vos nouvelles.

— Qui ?

— Des amis à vous. Ils vous attendent.

Il en fut tellement frappé que, s'il avait eu un revolver, il n'aurait pas hésité à tuer, quitte à s'enfuir ensuite à toutes jambes.

— Des amis m'attendent ? répéta-t-il tandis que ses narines se collaient et que les lèvres découvraient les dents. Où ça ?

— Là-haut !

Il lâcha bêtement :

— Frida ?

— Vous voyez bien que vous savez ce que je veux dire.

— Il faut d'abord que j'aille faire une course…

— Attendez !… Je l'appelle !… D'ailleurs, je crois qu'elle a entendu…

Une porte s'ouvrait en effet dans la cage d'escalier. Une voix questionnait :

— C'est vous, Stanislas Sadlak ? Vous voulez monter ?

— Vous voyez !

Stan pensait pourtant vite. Il y était entraîné. D'habitude, il pensait plutôt trop vite. Mais il y avait tant d'hypothèses à envisager !

En supposant que, la nuit précédente, un homme de la bande à Frida les ait suivis, Nouchi et lui ? Mais pourquoi les aurait-il suivis ce jour-là et pas les autres ?

Sans compter qu'il n'aurait pas pu suivre aussi le taxi sur la route de Versailles. Il s'en serait aperçu !

Quant à Nouchi, c'était invraisemblable qu'elle fût revenue ! Elle ne parlait pas à Frida ! Celle-ci, à la rigueur, aurait pu essayer de la cuisiner. Seulement Nouchi ne savait rien !

L'inspecteur Mizeri ?

La porte ouverte, là-haut, laissait passer un murmure de voix. Frida dit tout bas :

— Silence !

Elle avait parlé polonais. Penchée sur la rampe, elle écoutait. Et Stan balbutiait :

— Il n'est venu personne pour moi ?

— Personne.

On ne le trompait pas. Il pouvait faire des bêtises, mais il s'en rendait toujours compte et il ne se trompait jamais sur les autres. Le patron s'amusait, jouait un rôle, se moquait de lui ! La preuve, c'est qu'il restait aussi longtemps hors de son lit, le torse à peine couvert d'une chemise, alors que d'habitude il se montrait frileux et toujours bougon quand on le réveillait.

— Mon amie n'est pas rentrée ?

— Elle devait rentrer ? Je ne l'ai pas vue. Peut-être que là-haut on vous dira…

— Montez, Stanislas Sadlak.

D'autres locataires, réveillés, frappèrent contre les cloisons pour obtenir la paix.

— Je viens.

Il mit le pied sur la première marche, se retourna, ne dit rien, mais le regard qu'il lança au patron était suppliant.

Des marches craquaient. La maison sentait les

ruelles sales où s'entassent des familles pouilleuses. À mesure qu'il montait, il distinguait mieux la lumière sur un palier puis il vit, de bas en haut — et par le fait il découvrait le blême de la chair sous le vêtement — Frida qui l'attendait, les bras croisés sur la rampe, fumant une cigarette.

— Bonjour, Frida Stavitskaïa.

C'était une belle femme, une des plus belles qu'il eût jamais vues. À seize ans, dans les rues enneigées de Wilno, elle traînait déjà de sourds désirs derrière elle et des hommes la guettaient dans les coins obscurs.

— Nous sommes justement en train de fêter l'anniversaire d'Yvan… J'ai frappé à votre porte… J'aurais aimé que vous veniez avec votre amie… Où est-elle ?

— Je ne sais pas.

Elle le poussa dans la pièce, referma la porte. Il y eut quelques notes de guitare. Un homme, assis par terre, pinçait les cordes de l'instrument comme pour le faire parler, lui faire dire bonjour. Sur le lit, un autre, un colosse barbu, était étendu, tout habillé, avec ses souliers cloutés.

— Bonjour, Stanislas Sadlak ! La paix soit avec toi et la joie avec nous…

Combien étaient-ils ? Il ne s'en rendait pas compte d'un premier coup d'œil. On avait installé un chiffon rose autour de la lampe et celle-ci ne donnait plus qu'une lumière floue. Les murs étaient trop près. Par terre, il y avait non seulement des jambes et des bras mais des bouteilles, des verres, des assiettes de victuailles.

— Enlève ton pardessus… À la santé d'Yvan, qui a aujourd'hui quarante-trois ans…

Ils fumaient tous. La fumée remplissait l'espace, avec des nuages plus épais autour des têtes, comme des auréoles. Frida remplissait de champagne un verre épais, puis un autre.

— À ta santé, Stanislas Sadlak !

Il y avait quelque chose de faux, de truqué, mais quoi ?

— On dirait que tu as eu le nez gelé ! fit une voix qui partait d'un coin d'ombre.

— Recule, Yvan, commandait Frida au géant étalé sur le lit. Fais-moi place…

À seize ans, c'était déjà une femme, grande et complètement formée, et on regardait surtout ses seins qui semblaient toujours dardés, lourds et puissants, sous ses robes.

Depuis, elle ne s'était pas ternie. Elle restait belle. Un chignon tombait sur sa nuque, noir comme une aile de corbeau. Ses yeux étaient noirs aussi. Quelques poils follets mettaient une ombre au-dessus de sa lèvre.

Elle était débraillée, à son habitude, débraillée et splendidement impudique. Son peignoir bleu de roi s'ouvrait sur une chemise saumon qui laissait la plus grande partie de ses cuisses à découvert.

Un juge, à cause d'elle, à Wilno, avait dû donner sa démission, parce qu'on les avait trouvés ensemble dans un hôtel borgne de la banlieue et qu'elle n'avait que quinze ans !

Son père était un gros marchand de grains. Tout le monde l'avait connu pauvre, dans le ghetto. On disait qu'il avait fait sa fortune pendant la guerre, puis pendant la révolution russe. Il était riche. Il avait fait bâtir une somptueuse villa sur la colline.

Certains affirmaient que, dès l'âge de quatorze ans, il avait fallu enfermer Frida à double tour : mais elle parvenait à s'échapper. Elle invitait les domestiques dans sa chambre. Son père était allé à Vienne avec elle pour consulter un médecin célèbre. Il en avait ramené une dame de compagnie qui était en réalité une infirmière.

Ce qui n'avait pas empêché Frida de s'enfuir encore et de tuer un homme à coups de hache, dans l'hôtel même où elle avait été surprise avec le juge.

Elle avait alors dix-sept ans. L'autre était un musicien qui était venu donner un récital à Wilno et qui avait été reçu chez son père. On n'avait jamais su ce qui s'était passé, sinon qu'elle était descendue un moment dans la cour de l'hôtel et qu'elle avait dû trouver la hache près d'un tas de bois.

À cause de son père, on l'avait mise à l'hôpital au lieu de la laisser en prison et elle s'était échappée avec un infirmier.

Il était là ! C'était celui qui pinçait de temps en temps les cordes de la guitare.

— À ta santé, Stanislas Sadlak !

Il ne pouvait refuser de boire. On lui remplissait son verre une fois, deux fois, trois fois. Dans un plat traînaient des restes d'oie fumée, comme dans le ghetto.

— Recule, Yvan… Tu ne me laisses pas de place…

Ce n'était qu'un lit de fer peint en noir, couvert d'une courtepointe de deux tons, rose et blanche, marquée de taches.

— Qu'on lui donne à manger.

Stan souriait. Ou plutôt il retroussait les lèvres et essayait d'éviter de serrer les narines, car il savait que ce tic le trahissait. Il lui arrivait, pendant un bon moment, de se retenir de respirer.

Les corps se touchaient. La chambre était exiguë. Ils étaient six, lui compris. C'est-à-dire qu'ils étaient au complet, que les deux qui ne venaient que de temps en temps étaient présents.

— Écoute-moi, Stanislas Sadlak... Viens ici, près de moi... Assieds-toi...

Elle se collait à Yvan pour lui faire une petite place et toutes les chairs en arrivaient à se toucher.

— On parlera demain des choses sérieuses... Un jour, tu m'as demandé pour travailler avec nous, n'est-ce pas ?.... Ce soir, on mange et on boit à peu près tout ce qui nous reste... Demain, on travaillera... Tu vas nous aider...

Ding... Ding... Dong... faisait de temps en temps la guitare qui n'égrenait qu'une note à la fois, une note prolongée comme la vibration d'un gong.

Quelqu'un frappait contre la cloison. Personne ne s'en inquiétait.

— Laisse-moi dormir ! grogna Yvan qu'on appelait l'ours à cause de ses poils.

— Il faut bien qu'on accueille Stanislas Sadlak, le fils du professeur Sadlak, qui nous fait l'honneur de s'associer à nous... Viens, Stan !... Viens, mon cher petit Stan... Couche-toi... Il y a encore de la place... Ou plutôt bois d'abord un verre de champagne... À ta santé !... Donne-moi ta main qui est toute froide et que je veux réchauffer...

Elle la prit et la posa sur sa cuisse brûlante.

— Couche-toi… Et vous autres, essayez de trouver de la place à côté… Pourquoi trembles-tu ?…. Tu as toujours froid ?…. Donne-moi ton autre main…

Il claquait des dents et il avait plus que jamais envie de vomir.

4

Elle disait, satisfaite, tandis que les trois hommes déménageaient et allaient s'installer dans la chambre voisine dont la porte de communication restait ouverte :

— Ils sont jaloux !…

C'était déjà fantastique. Il pourrait arriver n'importe quoi désormais, Stan n'oublierait pas ces mots prononcés d'une voix un peu blanche, un peu molle, par une femme couchée. Comme elle avait la tête renversée en arrière, c'était par-derrière, en chavirant curieusement les yeux, qu'elle regardait s'éloigner les silhouettes grises. Le dernier, qui allait disparaître, portait la guitare.

— Josef ! appela-t-elle.

Il était blond, maigre, avec de petites moustaches en brosse et des yeux de chien perdu.

— Ferme la porte et donne-moi la clef.

Il n'avait guère de chemin à parcourir. Elle savait qu'il entendait, mais elle disait néanmoins :

— C'est le plus jaloux de tous… C'est l'infirmier, tu sais ?…. Depuis Wilno, il ne m'a jamais quittée…

Elle prit la clef et la glissa sous l'oreiller.

— Éteins, Josef !

Sans transition, ce fut l'obscurité totale, les pas de l'infirmier qui entrait dans la pièce voisine, tâtonnait, devait, d'après ce qu'on en jugeait aux bruits, jeter des coussins par terre et s'étendre dessus.

— Enlève ton veston… Ça gratte… Retire aussi tes souliers…

Et, quand Stan se recoucha :

— C'est drôle… Tu as les pieds glacés et la tête brûlante… Viens !…

De l'autre côté d'elle, le géant, plaqué contre le mur, respirait avec force. Les trois autres, dans la seconde chambre, n'avaient pas encore trouvé leur équilibre définitif et on les entendait remuer.

— Viens plus près…

Il n'y avait pas seulement sa voix, qui semblait sortir d'un rêve ; il y avait encore le fait qu'elle disait ces choses-là tout haut, dans l'obscurité, sans forfanterie, comme si elle oubliait qu'il y avait quatre hommes auprès d'eux. Elle était calme, naturelle. Son corps s'étalait avec abandon et sa main caressait paresseusement Stan. C'était peut-être le plus hallucinant de tout, cette main qui se promenait lentement sur sa poitrine, sur ses épaules, qui semblait compter les côtes, juger de la vigueur des muscles.

— Tu n'es pas gras non plus… Josef est encore plus maigre… Il a été très malade, en Amérique… C'est derrière ce mur-ci qu'était ta chambre, n'est-ce pas ?

Elle devait sourire, mais il ne la voyait pas. Il avait peur. Il était épouvanté. Jamais de sa vie, il n'avait été torturé par une telle angoisse et pourtant, contre sa volonté, sa chair était émue, et Frida le savait.

— Est-ce que Nouchi écoutait aussi ?.... Tu n'as jamais pensé à un détail : c'est que, si vous entendiez ce qui se passait ici, nous entendions ce que vous faisiez dans votre chambre... Tu as froid ?.... Tire un peu sur la couverture... Je suis sûre que Josef ne va pas fermer l'œil... C'est chaque fois à recommencer... Il est là, appuyé sur un coude, pour mieux entendre... Ce n'est pas vrai, Josef ?

Il n'y eut qu'un murmure dans l'obscurité de la chambre voisine.

— Et toi, qu'est-ce que tu as fait de Nouchi ?.... Elle est partie avec un homme ?.... Yvan est soûl... Je voudrais le repousser un peu, mais il est trop lourd... Quand il respire ainsi, c'est qu'il est soûl... Demain il sera de mauvaise humeur... Tiens ma main comme si tu prenais mon pouls... J'aime qu'on me tienne la main... C'est comme si je sentais tout ce que tu sens, tout ce que tu penses... Tu es venu trop tard... Tu n'as pas assez bu... Tu sais que ce n'est pas du vrai champagne, mais du mousseux... On n'avait plus de sous... Il restait trois cents francs et le Baron en a joué deux cents aux courses...

Il tressaillit. Un bruit venait de lui parvenir du monde extérieur et déjà cela lui semblait miraculeux. Des hommes marchaient, dans la rue. Ils devaient être deux, sans doute des agents de police, car ils déambulaient lentement, à pas lourds, en se racontant leurs petites affaires comme des gens qui ont tout le temps, qui ne vont nulle part. Qu'est-ce qu'ils verraient s'ils levaient la tête ? Rien ! des persiennes d'un gris sale comme les autres.

Il frissonna.

— Qu'est-ce que tu as ?.... Tu es content de travailler avec nous ?.... Tu as envie de moi ?.... Écoute Josef qui se demande ce que nous faisons !... Pourquoi renifles-tu ?

Il ne pouvait pas remuer un doigt, pincer les narines sans qu'elle le sentît. Elle était collée à lui de tout son corps chaud et moelleux et il devinait sa tête toujours renversée en arrière sur l'oreiller. Elle devait garder les yeux ouverts. Elle parlait à la façon des enfants qu'on endort, en sautant d'un sujet à l'autre.

— Qu'est-ce que ton père est devenu ?

— Je ne sais pas. Il est toujours à Wilno.

— Le mien est à Varsovie avec une danseuse... Ça lui a pris tout à coup, à cinquante ans... Il a fait enfermer ma mère dans une maison de santé en prétendant qu'elle est folle... C'est vrai qu'elle a toujours été un peu folle, mais lui aussi... Tu dors ?

— Non.

— À quoi penses-tu ?

— À rien.

— Tu n'as déjà plus envie de moi ?.... Cela ne fait rien... Si je t'ai demandé de te coucher dans le lit, c'est pour faire enrager Josef... Il n'est intéressant que quand il est malheureux... Autrement, il a l'air bête...

Cela lui rappelait les gens qui parlent d'un sourd à voix haute, devant lui, sachant bien qu'il n'entend pas. Mais ici ils entendaient ! Ils étaient là, quelque part, chacun dans son coin, dans l'obscurité, tandis que les deux agents devaient faire du même pas le tour de la place des Vosges.

— Tu connais le Baron ?…. Tu as dû le voir entrer et sortir, quoiqu'il ne vienne pas souvent… Je ne sais pas pourquoi on l'appelle le Baron… J'ignore comment il s'appelle… C'est un Poméranien de la frontière, de Leba… Il ne faut pas lui dire que Leba est une petite ville de rien du tout à côté de Berlin ou de Paris !… Recule un peu… Tu me souffles en plein dans la figure… Tu as sommeil ?

Elle le pinça.

— J'ai encore des choses à te dire… Ah ! oui… C'est vrai que tu as fait les betteraves dans une ferme du Nord ?

— C'est vrai.

— Où ?…. Une grande ferme ?…. Une petite ?….

— À Hallencourt…

— Il faudra qu'on y aille… On partira demain soir… Tu verras que c'est facile, surtout quand on connaît la maison… Qu'est-ce que tu as ?

— Rien.

— Il y en a qui cherchent des choses compliquées et ils finissent par se faire prendre !… Remarque que nous, on ne sait pas seulement combien nous sommes, ni que je suis une femme… *Ils* n'ont pas une seule empreinte… Et, si un jour Kellermann n'avait pas parlé près d'une cloison derrière laquelle on avait oublié une servante, on ne saurait même pas que nous sommes polonais… Encore un hasard que la servante ait entendu parler le polonais par son beau-frère !… Tu dors ?

Il était persuadé qu'elle le faisait exprès, par une sorte de sadisme : tantôt elle l'effrayait, tout doucement, au compte-gouttes, avec une voix moelleuse qui distillait les mots terribles et tantôt elle le calmait, l'enveloppait d'une caresse apaisante, s'ingéniait à provoquer à nouveau un désir douloureux.

— Reste tranquille !... Il faut que je t'explique... On ne partira pas ensemble... Toi, tu iras avec Yvan, qui est bête, mais qui est le plus fort de tous... Je ne le connaissais pas... Il est des environs de Cracovie... Un soir qu'il était ivre et que ses camarades l'avaient excité, il a tué sa femme, sa belle-mère et une voisine qui accourait, puis il s'est retrouvé le lendemain tout sanglant dans un bois où les gendarmes le traquaient... Je ne sais pas comment il a pu s'enfuir... En Amérique, il travaillait dans une boîte de nuit, ou plutôt dans un tripot où il était chargé d'assommer les clients mécontents... Il est jaloux aussi, mais seulement de Josef, parce que Josef est plus ancien que lui... Je pourrais faire tout ce que je voudrais avec toi qu'il ne broncherait pas... Il ronfle !... Tandis que Josef écoute...

Il aurait voulu réfléchir, mais ce n'était pas possible. Elle ne lui laissait pas un instant de répit. Déjà le petit bistrot du matin, avec les jambons, les andouilles, l'ardoise sur laquelle le patron transcrivait le menu, lui apparaissait comme le plus paisible des havres.

Pourquoi n'y était-il pas resté plus longtemps, à écouter le tic-tac de l'horloge ? Si un jour il était à nouveau libre, il y retournerait, s'assiérait à la même place, mangerait de l'andouille en buvant une chopine de beaujolais...

Il aurait dû se raccrocher à l'inspecteur, ne pas le laisser partir. Et tout à l'heure, en bas, quand le patron de l'hôtel s'était retourné pour appeler dans l'escalier, qu'est-ce qui lui avait pris de ne pas s'enfuir ?

— Tu ne digères pas ?

— Je ne sais pas…

— Tu ne supportes pas le mousseux ?

— Je crois que je suis malade… Je voudrais aller au petit endroit…

Il n'en respirait plus. Si elle n'y voyait pas malice et lui donnait la clef, il n'aurait qu'à descendre sur la pointe des pieds. Il trouverait le moyen d'ouvrir la porte. Tant pis s'il n'avait pas ses souliers, ni son veston ! Il s'arrangerait n'importe comment.

— Josef ! appelait tranquillement Frida.

Celui-ci grogna.

— Va avec Stanislas… Ne le quitte pas, car il se sent malade… Allume…

Malgré le passage brusque de l'obscurité à la lumière il fut frappé par la froideur du regard de Frida Stavitskaïa.

— Tiens, Josef… Voici la clef…

Le géant en profitait pour se mettre sur l'autre flanc et entraînait presque toute la couverture avec lui. Au-delà de la porte de communication, dans le clair-obscur, on apercevait des jambes, des chaussures. Stan faisait semblant d'être malade, se tenait la poitrine à deux mains et grimaçait. Il n'osait pas mettre ses souliers, par crainte d'éveiller les soupçons. Au surplus, des soupçons, ils en avaient déjà. Josef relevait le col de son veston et l'attendait près de la porte qu'il avait ouverte. Frida les regardait tous les deux, les mains croisées derrière la nuque.

— Ne reste pas trop longtemps…

Le petit endroit était au fond du couloir. Il n'y avait pas de minuterie. Josef avait laissé ouverte la porte de la chambre et un peu de lumière venait de là.

Ce n'était pas possible ! Il n'avait pas d'arme, pas même un objet dur pour frapper ! Frida entendait tout ! Au moindre mouvement, elle éveillerait le colosse qui bondirait…

— Je suis vraiment malade… geignit-il, prenant l'étrange Josef pour confident.

On ne lui répondait pas. L'infirmier, debout derrière lui, attendait. Et, alors que d'habitude il lui était facile de vomir, maintenant que cela avait une importance capitale, Stan n'y parvenait pas, se contractait en vain la gorge au point d'en avoir les yeux pleins de larmes.

— Je suis malade… répétait-il.

Ce n'était plus pour les autres qu'il le disait, c'était pour lui. Il avait peur et il avait froid. Il tremblait. L'envie lui prenait de crier au secours, de faire jaillir des gens par toutes les portes de la maison. Qu'est-ce qui arriverait ? Les autres auraient-ils le temps de le tuer ?

Il se retenait. Il ne fallait pas ! Il avait l'impression que c'était comme s'il eût pensé tout haut, qu'on lisait en lui à livre ouvert.

— Je n'y parviens pas… Il vaut mieux que je me couche…

Josef marcha à nouveau derrière lui. Stan rentra dans la lumière, retrouva le regard de Frida, ses cheveux sombres sur le blanc grisâtre de l'oreiller, la masse de la brute dont le corps formait montagne et par terre des verres et des bouteilles au petit bonheur.

— Je n'y suis pas arrivé ! annonça-t-il. J'ai mal ici…

Allait-il rentrer dans le lit ? Elle ne l'y invitait pas. Elle s'était installée de telle sorte qu'il ne restait plus de place.

— S'il n'y a plus de couvertures, donne-lui mon manteau, Josef.

Il n'avait qu'à se coucher par terre, comme les autres. Il était juste au pied du lit. Frida pouvait le toucher en laissant pendre un bras. Elle le faisait, dans l'obscurité. Elle tâtait le visage où ses mains rencontraient du mouillé et elle demandait :

— T'as froid ?

Il n'osa pas fermer les yeux. Il entendit sa respiration qui devenait plus régulière et, à la limite de la veille et du sommeil, elle poussa un soupir de contentement.

Il vit des lignes grises se dessiner dans les persiennes, puis blanchir, cependant qu'il faisait plus froid et que les objets devenaient distincts sur le plancher.

Se rendait-il bien compte de ce qu'il faisait ? Il avait faim, sûrement. Il n'avait plus rien mangé depuis les ronds d'andouille. L'assiette avec l'oie fumée était à un mètre de lui, par terre, et il étendit le bras, saisit un gros morceau qu'il grignota. Il mastiquait le plus silencieusement possible mais Frida dut entendre du bruit. Sans ouvrir les yeux, elle abaissa la main, chercha, toucha le nez, la joue, rencontra le morceau d'oie et fut rassurée.

Il était tard. Depuis longtemps des gens avaient quitté les uns après les autres les petites cages de la maison et on avait entendu chanter une femme juste au-dessus du plafond. Après les autobus, les taxis, c'était maintenant la rumeur du marché Saint-Antoine : des hommes, des femmes qui allaient librement d'un étal à l'autre et qui hésitaient sur ce qu'ils mangeraient ce jour-là.

Les persiennes étaient ouvertes. Le colosse, les sourcils froncés, s'était lavé le visage en soufflant et en envoyant de l'eau dans toute la chambre. Frida préparait le café. Josef était sorti, sans rien dire, cependant que tout le monde paraissait savoir où il allait.

C'était déroutant parce qu'on ne s'occupait pas de Stan. Il ne savait pas ce que ça lui rappelait, mais ça lui rappelait quelque chose, des gens qui se lèvent et qui s'agitent dans une mauvaise lumière, l'air grognon, la bouche pâteuse, répugnant à parler.

Il avait remarqué qu'après le départ de Josef, Frida avait refermé la porte à clef et qu'elle avait glissé la clef dans la poche de son peignoir. De temps en temps, elle s'approchait de la fenêtre et jetait un coup d'œil à travers le rideau poussiéreux.

Souvent il avait écouté à travers la cloison quand il occupait avec Nouchi la chambre voisine, et il avait envié cette existence qu'il reconstituait d'après les voix et les allées et venues.

Il leur arrivait de ne pas sortir pendant plusieurs jours, tout au moins les trois principaux, Frida, Yvan, et Josef, dont le nom de famille était Sibirski. Ils se levaient quand ils en avaient assez d'être couchés. Ils préparaient du thé ou du café. Ils mangeaient. Il y avait toujours des quantités de victuailles qui traînaient, des choses à boire aussi, de l'alcool, du vin, du mousseux. Tous fumaient. Parfois Josef faisait de la musique, assis par terre, les jambes croisées sous lui.

Le Baron venait du dehors, ou Kellermann qui était brun et qui ne parlait guère.

Des relations, il y en avait entre Frida et Josef et entre Frida et Yvan. C'était en quelque sorte officiel. Une fois que la femme était seule, quelqu'un était venu et Stan aurait juré que c'était Kellermann. Il avait parlé d'une voix contenue. Elle avait ri. On avait entendu des bruits de lutte et un soupir de douleur, poussé par Kellermann.

Maintenant, il se faisait les ongles, car il était assez soigné de sa personne, et il avait mis longtemps à se raser et à se coiffer devant un bout de miroir.

— Ça va mieux, Stanislas Sadlak ? questionna Frida en versant l'eau sur le café.

Il ne savait où se mettre. C'est à peine s'il avait osé se chausser par crainte de donner l'idée de fuite ou de trahison.

— Où est-ce exactement, Hallencourt ?

— Après Amiens…

— Passe-moi la carte, Yvan.

De la poche d'un pardessus qui appartenait à Josef Sibirski, le colosse tira une serviette en cuir pleine de papiers et Stan entrevit un assez grand nombre de passeports. Il posa sur la table une carte routière du nord de la France. Frida se pencha.

— C'est une belle ferme ?

— Il y a quarante hectares en blé et en betteraves…

— Combien de personnes ?

— Trois : le mari, la femme et un valet… Les deux filles sont mariées et habitent le village…

— C'est loin du bourg ?

— À peu près un kilomètre…

Il n'osait pas s'approcher de la fenêtre. Il lui semblait que tous ses mouvements étaient épiés.

— Il faut d'abord attendre que Josef revienne. C'est lui qui connaît la carte.

Or, Josef ne revenait pas. Il y avait une heure qu'il était parti et on avait fini de boire le café. Yvan, qui était grognon, s'était recouché sur la couverture et regardait le plafond.

Quant à Frida, elle était dans la pièce voisine dont elle avait laissé la porte ouverte et elle se lavait, sans se préoccuper de savoir si on la regardait.

— Tu t'ennuies, Stanislas Sadlak ? Tu te demandes où est Nouchi ? Je vais te dire une bonne chose : ce n'est pas une fille pour toi !… Son père avait beau être avocat à Budapest… Qu'est-ce qu'il est devenu, son père ? Et sa mère ? Et sa sœur ?…. Je parie qu'ils sont toujours à New York et que le père Kersten passe son temps à taper ses compatriotes… Moi, je ne les connaissais pas… C'est Kellermann, qui est un peu hongrois… Il paraît que c'est une maison de fous… Depuis qu'il a été expulsé parce qu'il a été impliqué dans la révolution de Béla Kun, le père Kersten n'entend plus travailler… Ce sont ses filles et sa femme qui travaillent… Lui va voir des gens, écrit des lettres, toujours pour se plaindre de son sort et pour solliciter de l'argent… Il fait porter les lettres par sa femme ou par ses filles… Tu comprends ?

Il entendait. Il se rendait compte de ce qu'elle disait. Mais en même temps il pensait à autre chose. Ou bien l'inspecteur Mizeri était un imbécile, ou il avait déjà trouvé l'adresse de l'*Hôtel de Birague*. Dans ce cas, il devait être en bas, ou quelque part dans les environs, à faire le guet. N'était-ce pas pour cette raison que Josef ne rentrait pas ? Ne l'avait-on pas arrêté ?

Juste comme il en était à ce point, il y eut des pas dans l'escalier. Une voix dit, derrière la porte :

— C'est moi !

Frida ouvrit. Josef entra, deux pains sous un bras, des paquets dans l'autre main. Frida et lui échangèrent un regard. Puis ils se retirèrent dans un coin, parlèrent à voix si basse qu'on ne put saisir la moindre syllabe.

— C'est bien ce que je pensais ! dit-elle enfin. Yvan !… Non ! Pas vous autres. C'est à Yvan que je veux parler… Lève-toi, brute épaisse…

Elle devait en avoir davantage à lui dire, car elle l'emmena dans la chambre voisine dont elle referma la porte. Josef se coupait une tranche de pain, la beurra, se servit de café refroidi et chercha un morceau d'oie encore mangeable.

— Tu as pensé aux cigarettes ? questionna le Baron.

Il y avait pensé. Il en tira six paquets de ses poches et les posa sur la table puis, toujours mangeant, il alla se camper devant la fenêtre et regarda dans la rue.

Une autre fenêtre était ouverte, juste en face, et une servante battait des tapis.

Frida et Yvan reparurent enfin. Yvan était plus lourd, comme plus grave, et il ne se recoucha pas mais mit un col et une cravate qui le faisaient paraître plus épais et plus rustre.

— Tu es là, Stanislas Sadlak ?

Comment aurait-il été ailleurs, puisqu'on le tenait prisonnier ?

— Tu te souviens de ce que nous avons décidé cette nuit, n'est-ce pas ? Nous n'avons plus le sou et il est temps de travailler. Josef est en train de montrer ta ferme à Yvan sur la carte… Yvan est un paysan et la campagne le connaît… Tu peux te fier à lui… Il faut maintenant qu'on t'explique comment ça se passe… C'est très simple… Tu vas aller au Bazar de l'Hôtel de Ville… Tu choisis un moment où il y a beaucoup de monde, car les employés font moins attention aux clients… Au rayon des articles de ménage, tu achèteras un hachoir… Un simple hachoir de cuisine… C'est encore le plus pratique et, comme on en vend des milliers et des milliers, c'est moins compromettant !…

Il écoutait, les narines pincées, sans oser détourner son regard de la femme. Elle fumait une cigarette, une cuisse posée sur la table encombrée, et la fenêtre dessinait derrière elle un rectangle laiteux.

— Il faut que j'y aille tout seul ? questionna-t-il.

… Pourquoi parlait-il encore quand il valait mieux se taire ? Est-ce qu'une fois de plus il ne se trahissait pas ? La preuve, c'est qu'elle contenait mal un sourire !

— Tu seras tout seul, oui… Mais Yvan marchera derrière toi… Tu comprends ?…. Quand tu auras la hache de ménage, tu iras, toujours à pied, rue des Francs-Bourgeois… Tu pourrais faire les deux achats au Bazar de l'Hôtel de Ville, mais ce n'est pas prudent… Il y a un magasin d'articles d'hygiène… Tu demanderas des gants de caoutchouc… Les plus ordinaires… Sans rien expliquer… Si on n'explique pas, les gens oublient plus vite…

Les autres écoutaient distraitement. Yvan endossait un pardessus qui lui supprimait le cou.

— Tu mangeras, mais pas trop. Tu ne boiras pas d'alcool. Dès qu'il commencera à faire noir, tu te rendras à la porte Maillot… Tu choisiras une auto, de préférence une camionnette… On remarque moins les camionnettes, surtout à la campagne… Yvan y montera avec toi… Pour le reste, il t'expliquera…

Il aurait voulu parler, poser des questions, présenter des objections, mais il sentit que ses phrases tomberaient dans un silence concerté.

De la pièce voisine, Kellermann sortait, en pardessus et chapeau de feutre, lui aussi.

— Tu verras !… C'est très facile… Tu as un peu d'argent ?

— J'ai encore cent cinquante francs…

— C'est assez.

À vrai dire, il ne sut pas au juste comment il passa de la chambre dans la rue. Il ne dit pas au revoir. Il flottait. Il avait hâte d'être dehors et pourtant, une fois sur le trottoir, il ne se sentit pas davantage en sécurité.

S'il s'était mis à courir à toutes jambes jusqu'au coin de la rue Saint-Antoine et s'il avait eu la bonne fortune de sauter sur un autobus en marche ? Yvan était encore dans le corridor de l'hôtel, Kellermann dans l'escalier. Deux hommes bavardaient à moins de cinquante mètres, devant l'échoppe d'un cordonnier.

Et le tenancier ? Il ne l'avait pas vu. Il s'en avisait seulement. Si…

Mais oui ! Tout de suite ! Il n'avait que cette chance-là ! Il marcha vite, pour prendre de l'avance. Il regarda machinalement la confiserie, près du cinéma Saint-Paul, et il regretta le temps si proche où il passait devant avec Nouchi accrochée à son bras.

Il ne choisit pas. Il entra dans le premier bar. Il était très surexcité, il s'en aperçut en se voyant dans la glace.

— Un grog !… Vous avez le…

Il allait dire le téléphone. Il se serait précipité dans la cabine, aurait appelé l'inspecteur Mizeri.

C'était stupide ! Kellermann était déjà là, à la porte du bar. Il entrait, s'accoudait non loin de Stan et ses longs cils bruns rendaient son regard à la fois doux comme un regard de femme et menaçant.

— Qu'est-ce que vous demandez ?

— Rien… Un grog…

— Vous avez dit autre chose, insista maladroitement le garçon. C'est le téléphone que vous vouliez ?

— Non !

Kellermann commandait sans avoir l'air de reconnaître Stan :

— Un café !

Il fallait trouver autre chose. Pour bien faire, il eût surtout fallu ne pas s'affoler, garder son sang-froid, examiner la situation sous toutes ses faces. Mais c'était plus fort que lui : il était pris de vertige.

Si Frida l'avait fait monter chez elle, si elle l'avait gardé prisonnier toute la nuit, si on l'envoyait acheter une hache et des gants de caoutchouc, si on montait enfin cette histoire compliquée de la ferme d'Hallencourt, ce n'était pas par hasard.

Mais comment pouvait-elle savoir qu'il avait vu l'inspecteur Mizeri ?

Il marchait à nouveau, passait devant un grand magasin de meubles et l'idée que des gens pouvaient acheter des salons, des salles à manger, des chambres à coucher… Il ne voulait pas se retourner ! Kellermann était derrière lui. Mais Yvan ?

En supposant qu'il s'approche d'un agent, comme celui qui était debout au milieu du carrefour ? Il lui dirait…

Il serait mort avant, il en était sûr ! Les autres étaient armés. Si on l'avait lâché, c'est qu'on savait qu'il restait tenu au bout d'un fil.

Ils avaient un plan. Ils espéraient quelque chose. Mais quoi ?

Et lui marchait, comme tous les autres passants, des milliers et des milliers qui mettaient un pied devant l'autre, se faufilaient, attendaient pour traverser les rues, se bousculaient parfois ou s'arrêtaient devant une vitrine.

Est-ce qu'il y en avait un seul au monde dans sa situation ? Il reconnaissait le décor, mais inconsciemment : l'Hôtel de Ville, le Bazar, juste en face, avec ses éventaires sur les trottoirs…

Il valait mieux commencer par acheter la hache. Cela lui donnait un peu de temps.

— Pardon, monsieur… Les articles de ménage ?….

Il ne pouvait pas dire à l'homme en redingote noire :

— Avertissez la police… Faites n'importe quoi… On va peut-être me tuer d'une seconde à l'autre…

Où était Kellermann ? C'était Yvan qu'il apercevait juste de l'autre côté d'un comptoir.

— Voyez au sous-sol !

Et s'il parvenait à entrer seul dans un ascenseur ? Il n'y croyait pas. Il était écrasé par le sentiment que les autres étaient les plus forts. Sinon, pourquoi, oui, encore une fois, pourquoi l'eussent-ils lâché de la sorte ?

Il descendit par l'escalier, dans une odeur d'émail, de pétrole, de linoléum. Tout le monde s'agitait. Et lui ne se débattait même plus. Il cherchait les articles de ménage, les haches à viande…

— Vous désirez, monsieur ?

Une petite jeune fille en tablier noir. Derrière, Kellermann. Yvan avait encore une fois disparu.

— Je voudrais… Un hachoir… C'est-à-dire…

S'il bégayait, s'il hésitait, il attirerait l'attention sur lui et quand on lirait dans le journal…

— Par ici… Fernande !… Un hachoir…

Il n'oubliait pas Nouchi. S'il pouvait seulement entrer en contact avec elle !

— Un hachoir à combien ?…. Nous avons ce modèle-réclame à trente-sept soixante-quinze…

Il fut effrayé, littéralement effrayé par l'ironie de ces mots ! Ce modèle-réclame à trente-sept soixante-quinze ! Et elle continuait !

— … Il y a aussi ce modèle plus fort à…

Plus fort ! Ce n'était pas possible ! Quelque chose allait se passer ! Elle allait rire, la jeune fille à qui il manquait une dent sur le côté gauche ! Elle allait lui lancer :

— Allons ! Réveillez-vous, que diable !

Ou n'importe quoi ! Il était impossible que des milliers de personnes, dans la lumière de toutes ces lampes électriques, parmi les casseroles, les T.S.F., les outils de jardinage, les lampes à abat-jour opalin, les…

Et cependant Kellermann était là !

— Bien… Donnez…

— A trente-sept soixante-quinze ?

— Oui…

Il portait déjà la main à sa poche.

— Vous payerez à la caisse… Par ici… C'est tout ce que vous désirez ?

Tout ce qu'il désirait ?

Désormais, il reconnaîtrait cette vendeuse entre mille, entre cent mille, il n'oublierait plus jamais le petit vide de la dent qui manquait !

5

Des détails sans importance restaient d'une netteté surprenante, comme la dent manquante de la petite vendeuse. Mais de l'événement proprement dit, de la façon dont sa fièvre avait atteint son paroxysme et dont l'apaisement était venu, il ne gardait qu'un souvenir confus et humiliant.

Qui aurait pu prévoir, quand il s'était réveillé dans la chambre des Polonais, ou plutôt quand la lumière du jour avait mis fin à sa nuit blanche, qui aurait pu prévoir qu'avant qu'il fût midi il souriait ?

Il ne s'en rendait pas compte ; son sourire n'en était que plus naturel. Il contenait un peu d'ironie, mais d'une ironie affectueuse, apitoyée.

Il était assis sur une chaise de velours rouge. Il aurait pu tout aussi bien s'installer dans le fauteuil vide qui était à côté. Devant lui, il y avait une table ronde avec un tapis à franges, une cheminée en marbre gris et une garniture de cheminée en marbre noir comme on n'en trouve plus que dans les administrations.

C'était aussi calme, aussi grave, aussi ouaté qu'un couvent. Les deux tableaux surtout ! À gauche, dans un cadre noir, de nombreuses photographies ovales, plus grandes vers le haut, plus petites vers le bas, étaient surmontées de la mention : « Membres de la Police Municipale tombés au Champ d'Honneur. » À droite, de l'autre côté de la cheminée, un tableau semblable : «… tombés en Service commandé. »

— Caisse !… Un comptant : 117… En réclame, à trente-sept soixante-quinze…

On le bouscula. Il se retourna, furieux, mais se tut quand il reconnut le vaste dos de la brute velue. Quel jeu jouaient-ils ? Comment s'étaient-ils organisés ? Pourquoi voyait-il tantôt l'un, tantôt l'autre, jamais les deux ensemble ?

— Vous n'avez pas vingt-cinq centimes ?

On lui avait mis une ficelle rouge. La veille, à la même heure, il mangeait de l'andouille. Non ! Il avait fini de manger. Il était attablé avec l'inspecteur Mizeri. Si celui-ci lui avait donné ses cinq mille francs tout de suite…

Toujours cette envie de partir à fond de train, de prendre ses jambes à son cou, comme disent les Français… Mais c'était comme dans les rêves : il le pensait ; il le voulait ; et il restait cloué au sol. Sa hache enveloppée de papier brun sous le bras, il se mettait enfin en marche comme tout le monde et on ne le remarquait même pas.

Ce n'était pas ce qui faisait sourire Stan. C'était la femme assise en face de lui dans la salle d'attente, une femme jeune, jolie, fort bien habillée. Dans la rue ou n'importe où ailleurs, elle n'aurait pas accordé au Polonais miteux le plus dédaigneux de ses regards.

Ici, elle mordillait son mouchoir devant lui, se tamponnait le nez, les yeux, gonflait la lèvre et, à tout moment, on pouvait croire qu'elle allait pleurer. Parfois elle se levait, gagnait le couloir, regardait en tous sens et revenait, toujours plus nerveuse, lançait à Stan un pauvre sourire pour s'excuser, cherchait sa montre au fond de son sac à main.

Il était là ! La fièvre le quittait peu à peu, il s'en vidait lentement, voluptueusement, comme on se vide d'une grosse fatigue.

C'était elle, qu'il ne connaissait pas, qui montait la pente des paroxysmes. Une histoire d'amour ? Un amant ? Un mari ? Un chantage ? Il y avait plus d'une heure qu'on les laissait tous les deux, en tête à tête, dans la salle d'attente, et nul ne semblait s'inquiéter de leur sort.

Parfois, malgré tout, Stan avait encore, comme

des hoquets longtemps après qu'on a pleuré, un pincement convulsif des narines. Il dut faire du bruit, sans s'en rendre compte, car sa voisine l'observa avec surprise.

En somme, un miracle s'était produit ! Il fallait y croire, puisque Stan était là, dans les locaux de la Police Judiciaire, quai des Orfèvres, au bout du large couloir du second étage ! En passant, il avait remarqué sur une porte du rez-de-chaussée une pancarte portant les mots : « Brigade des Garnis ». Dans la cour, il avait vu un car vide et une voiture cellulaire.

Au fond, tout était arrivé parce qu'il avait pataugé. Il ne l'avait pas fait exprès. Il n'en avait pas eu l'idée. En quittant le Bazar de l'Hôtel de Ville, il était docile, résigné, du moins momentanément. Les apparitions successives de la brute velue et de Kellermann aux cils soyeux, qui lui faisait encore plus peur, l'avaient écrasé. Il s'accordait un répit. Il irait acheter les gants de caoutchouc, puisqu'on l'exigeait. Après, il lui resterait des heures devant lui et il réfléchirait plus calmement, en dehors de la bousculade des rues.

Cette bousculade, justement... Il connaissait le quartier. Il avait dû se tromper de rue. Il pataugeait parmi les voitures de livraison du Bazar et se faisait engueuler par les camionneurs en gris-bleu.

Il était persuadé qu'il se rendait rue des Francs-Bourgeois. Jamais peut-être il n'avait été d'aussi bonne foi. Or, quelques minutes plus tard, il s'était bel et bien égaré ; et c'est sans arrière-pensée qu'après avoir fait demi-tour et examiné une plaque bleue qui ne le tirait pas d'affaire, car elle portait un nom de rue inconnu, il accosta un passant.

S'il avait réfléchi, il ne l'aurait pas fait. Yvan ou Kellermann le guettaient et croiraient peut-être qu'il allait les trahir ; dans ce cas, Stan était persuadé qu'ils n'hésiteraient pas à tirer.

Mais non ! Il questionnait candidement :

— Pardon, monsieur… La rue des Francs-Bourgeois, s'il vous plaît ?….

Il ne remarquait pas que son interlocuteur, qui avait l'air d'un brave homme assez quelconque, d'un besogneux honnête de la classe moyenne, était presque aussi ému que lui.

Il lui indiqua sa route. Stan marcha à nouveau, sa hache sous le bras. L'infini de sa détresse finissait par l'anesthésier. N'était-ce pas un nouveau hasard qu'une fois rue des Francs-Bourgeois il ne trouvât pas la boutique en question ? Il était sûr de l'avoir déjà vue. Il claqua des dents en se trouvant tout à coup en face de Kellermann dont le regard était plus menaçant que jamais.

Comment « les deux » pouvaient-ils croire que c'était sans mauvaise intention qu'il effectuait toutes ces allées et venues ? Il avait peur. Il avait de plus en plus peur, il était sûr qu'on allait l'obliger à tuer des gens à coups de hache, justement les fermiers chez qui il avait ramassé les betteraves. Avec sa malchance, il serait pris, guillotiné…

Une pharmacie, une boulangerie et… C'était sa boutique, avec des instruments d'hygiène plein l'étroite vitrine. Il entra sans hésiter, remarqua le pied bot du patron qui surgissait de l'arrière-boutique où pendaient des bandages herniaires et des jambes artificielles.

— Je voudrais des gants de caoutchouc…

— Pour vous ?

La question lui fit peur. Il se retourna machinalement et c'est alors qu'il vit, ouvrant la porte de la boutique et s'approchant du comptoir, l'inconnu à qui, quelques instants plus tôt, il avait demandé son chemin. Derrière la vitre, il apercevait le visage de Kellermann.

Pourquoi eut-il la certitude qu'il avait déjà rencontré l'inconnu ce jour-là, et même que c'était au Bazar de l'Hôtel de Ville, au sous-sol ?

Trois fois !… Donc…

— Je vous ai demandé… insista le pied bot.

Mais lui se moquait bien du marchand et des gants de caoutchouc ! Sans quitter de ses yeux agrandis la vitrine derrière laquelle stationnait Kellermann, il prononçait avec une ardeur presque mystique :

— Monsieur… Je vous en supplie… Emmenez-moi avec vous… Arrêtez-moi… Je sais qu'ils vont me tuer… Conduisez-moi auprès de l'inspecteur Mizeri qui…

Il fit une chose que son voisin ignora : il se plaça de telle sorte que si Kellermann avait tiré, l'inconnu à l'air si paisible aurait reçu la balle.

— Je vous en conjure !… Je sais qui vous êtes, pourquoi vous êtes ici… Mais ça ne peut pas continuer… Vous ne les connaissez pas comme je les connais… Ayez pitié !… Pitié, vous entendez ?…. Au nom de ce que vous avez de plus cher…

Avait-il vraiment dit ça ? Il ne voulait plus s'en souvenir. Il avait perdu la tête. Il était prêt à se jeter à genoux s'il le fallait, malgré la présence du marchand.

Il sentait que l'autre hésitait, se demandait ce qu'il devait faire. Et il voyait Kellermann s'éloigner, se fondre lentement dans la foule. Des larmes lui montaient aux yeux.

— Écoutez !... Il y a peut-être le téléphone ici...

— Il n'y a pas le téléphone, trancha le marchand.

— Dans ce cas, vous n'avez qu'à me conduire auprès de l'inspecteur Mizeri... Il y a des choses qu'il ne sait pas... Faites arrêter un taxi... Ils sont capables de tirer, comprenez-vous ?

Le patron croyait que c'était un fou qui était entré dans son magasin. L'inspecteur, car c'en était un, mais de la Police Judiciaire et non de la place Beauveau, hésitait toujours.

— Ça va !... Venez avec moi...

— À pied ?.... Vous n'avez donc pas entendu ?.... Ils tireront... Ils sont armés tous les deux...

Il mentait. Il n'en savait rien. Cela le frappait justement de ne pas avoir vu de revolvers dans les deux chambres. Mais peut-être les cachait-on dans des tiroirs qu'on n'avait pas ouverts ?

— Bon ! Nous prendrons un taxi...

Il avait toujours son paquet avec la hache. Tout le long du chemin, dans le taxi, l'homme avait paru ennuyé.

— On verra ce que le patron dira… Vous vous arrangerez avec lui…

Huit jours plus tôt, deux jours plus tôt encore, il aurait été épouvanté à l'idée de monter ce vaste escalier gris et voilà qu'au contraire cela lui apportait un soulagement voluptueux.

C'était fini ! Pour le reste, il s'arrangerait. Est-ce qu'il avait jamais fait quelque chose de vraiment mal ? À la frontière, c'était Yagov qui avait tiré. S'il avait pris de l'argent à son père, c'était parce qu'il le fallait et qu'il jugeait plus expéditif d'éviter des explications.

À Berlin, il n'avait commis aucun crime. Il avait de l'argent. Il passait ses après-midi au cinéma. Puis, comme c'était l'hiver, il avait décidé de se rendre à Monte-Carlo, car il avait toujours rêvé de Monte-Carlo.

Eh bien, alors qu'il y était resté près de trois mois, il n'était pas entré une seule fois au casino et il se souvenait à peine d'avoir entrevu la mer.

Il y a des hasards, comme ça ! Il était obligé de travailler. Juste en arrivant, il avait trouvé une place de chasseur dans un *Hôtel Beauséjour*, un hôtel calme, genre pension de famille pour Anglais.

Il se répétait :

— Quand j'aurai un peu d'argent de côté, j'irai le jouer.

Mais il n'en mettait pas de côté ! Il avait reconnu M. Bullit, l'ancien consul d'Angleterre à Wilno. C'était un vieux monsieur calme et doux qui, lui, se rendait au casino dès le matin neuf heures comme d'autres vont au bureau, et qui jouait patiemment jusqu'au soir sans jamais se départir d'une martingale ingénue. On disait qu'il y gagnait sa matérielle.

Puis, un jour (Stan revoyait le fauteuil d'osier et la tête blanche de M. Bullit dans le soleil), l'Anglais l'avait appelé et lui avait remis le texte d'un télégramme. Il avait compté les mots. Il avait fait une petite pile de monnaie, avec un franc de pourboire en plus de la somme nécessaire, car il était méticuleux en tout.

En chemin, Stan avait lu le télégramme qui réclamait de l'argent à un frère que M. Bullit avait à Liverpool : cinq cents livres. C'était assez inattendu, assez émouvant : *Vous supplie me sauver une fois de plus et vous jure que ce sera la dernière…*

Stan pensa, fit des calculs. C'était facile, presque trop facile. Les chasseurs d'hôtels ont l'habitude de retirer le courrier poste restante des clients en se munissant du passeport de ceux-ci.

Le passeport, il n'avait qu'à le prendre dans la chambre de M. Bullit… À sept heures du soir, il touchait les cinq cents livres… À huit heures, il était à Nice… Le lendemain matin il s'embarquait pour l'Amérique à bord d'un bateau italien…

Est-ce que c'était grave ?

La femme s'impatientait de plus en plus. Deux fois, coup sur coup, elle venait de se lever, chaque fois d'une détente brusque, comme quelqu'un qui est à bout. Et il avait envie de la calmer, de lui affirmer que tout s'arrange. N'en n'était-il pas la preuve ?

— Vous ne savez pas s'ils ferment à midi ? questionna-t-elle.

— Sûrement qu'ils ne ferment jamais !

— Vous venez souvent ?…. Cela arrive qu'on interroge quelqu'un pendant trois heures ?

— Mais oui.

Il passait parfois de l'égarement dans le regard de cette femme. Ainsi, elle accompagnait quelqu'un qui était en ce moment interrogé par un inspecteur ou un commissaire ?

Le mouchoir était réduit en charpie. Elle avait cassé la poignée de son sac. Elle portait des bas noirs très fins, des vêtements noirs. Était-elle en deuil ? Était-ce à cause de ce deuil qu'on interrogeait la personne qui l'accompagnait ? Et dans ce cas…

Stan faisait des petits yeux, plissait le front. La porte s'ouvrait. La femme se levait. Mais l'huissier à cheveux de neige prononçait :

— Monsieur Stanislas Sadlak… Si vous voulez me suivre…

Il avait la gorge serrée, malgré tout. Du couloir, on passa dans une salle carrée où donnaient des bureaux et on le fit entrer dans un de ceux-ci. C'était une petite pièce banale. Un homme était assis et écrivait. De la main, il fit signe au visiteur de s'asseoir et il continua à écrire.

— Encore un Français ! se dit Stan.

C'est-à-dire un Français comme il les voyait, comme son inspecteur du matin qui portait un pardessus sombre de coupe imprécise, une cravate mal nouée et qui avait de bons yeux indécis. Celui-ci, qui devait être commissaire, n'était guère mieux habillé, mais il avait la rosette de la Légion d'honneur. Il devait se promener dans un square, le dimanche, avec sa femme et ses enfants se tenant par la main.

— Je vous écoute.

Il écrivait toujours, remplissait d'une écriture appliquée les blancs d'un formulaire imprimé. Il n'avait pas encore levé les yeux vers son visiteur qui ne trouvait rien à dire.

— Eh bien ?

— Je crois qu'il serait préférable que je voie l'inspecteur Mizeri, car il est déjà au courant.

— L'inspecteur Mizeri n'appartient pas à la Police Judiciaire.

— Est-ce qu'il vous a expliqué ?….

Le fonctionnaire leva enfin la tête. Il était calme, indifférent. Sans doute l'affaire ne l'intéressait-elle pas ? Peut-être ne savait-il pas de quoi il s'agissait ?

— Vous avez arrêté un inspecteur dans la rue…

— Dans un magasin ! éprouva le besoin de préciser Stan.

— … dans un magasin, si vous voulez ! Vous avez prétendu que vous étiez suivi et menacé de mort…

— L'inspecteur Mizeri le sait bien…

— Laissons, si vous le voulez bien, l'inspecteur Mizeri où il est. Qu'est-ce que vous avez à me dire ?

Il ne s'était rien passé. Peu de paroles avaient été échangées et voilà que Stan se sentait à nouveau traqué. Comme toujours en pareil cas, il compliquait la situation, à force de vouloir trop bien faire.

Ainsi, il était persuadé que, si on le recevait de la sorte, c'était pour éviter de lui verser les cinq mille francs, ou plus exactement les quatre mille neuf cents francs. Qui sait si l'inspecteur Mizeri et le commissaire ne se partageraient pas cette somme ?

— Je répondrai à vos questions ! dit-il prudemment.

— Dans ce cas, nous en aurons vite fini. Je n'ai aucune question à vous poser. Je ne vous ai pas appelé. Vous pouvez disposer.

Et il tendit la main vers un timbre électrique.

— Attendez, monsieur le commissaire…

— Quoi ?

— Je ne peux pas partir comme ça… Il se passe des choses que je ne comprends pas…

C'est qu'il ne voulait pas non plus se livrer tout entier !

— Dites-moi au moins si vous aviez des hommes, ce matin, rue de Birague…

— Pour quoi faire ?

— Vous le savez bien.

À nouveau le geste de la main vers le bouton de sonnerie.

— Écoutez… Je ne demande qu'à aider la justice, l'inspecteur Mizeri a dû vous l'apprendre… Je ne suis pas un malfaiteur… Si j'ai dû quitter mon pays, c'est pour des raisons politiques… Rien ne m'obligeait à appeler l'inspecteur Mizeri au téléphone et à lui demander un rendez-vous… J'ai été franc avec lui…

L'autre ne disait rien, n'avait pas l'air de penser.

— Il s'est produit un événement que j'ignore, continuait Stan, un événement que j'ai absolument besoin de connaître… Ma vie est en jeu…

— On vous a menacé ?

— Oui.

— Dans ce cas, déposez une plainte pour menaces de mort… Ces menaces ont été faites devant plusieurs personnes ?

— Quatre, six… Je ne sais plus…

Il s'impatientait, se sentait mal engagé et ne savait plus comment en sortir. La pendule, derrière le commissaire, marquait midi moins cinq. Malgré ce qu'il en avait dit à sa compagne de la salle d'attente, il n'était pas sûr que les bureaux ne fermassent pas à midi.

— On a dû vous dire, monsieur le commissaire, qu'il s'agit de la bande des Polonais…

— Vous avez des renseignements à ce sujet ?

— J'en ai parlé à l'inspecteur Mizeri…

— Ah !

Comment se raccrocher à un homme pareil ?

— Il devait me remettre une certaine somme… C'était convenu entre nous…

— Combien ?

— Cinq mille.

— Et il ne vous l'a pas remise ?

— Il n'avait pas d'argent sur lui… Il m'a donné cent francs d'acompte… Nous devions nous revoir…

— Qu'est-ce qui vous empêche d'aller le trouver ?

— Je ne peux pas sortir d'ici.

— Vous ne comptez pourtant pas rester dans mon bureau toute la journée ?

— Je vous en prie, monsieur le commissaire… Il faut que vous téléphoniez à l'inspecteur… Il vous mettra au courant… Je suis persuadé qu'il viendra…

Lui joua-t-on la comédie ? Stan pensait à tout et envisageait la possibilité que le téléphone ne fût pas branché.

— Allô !… La Sûreté Nationale ?…. L'inspecteur Mizeri, s'il vous plaît… Vous dites ?…. Il est en mission ?…. En province ?…. Pour plusieurs jours ?…. Merci…

Il se leva et on devinait qu'il allait prendre son chapeau accroché au portemanteau.

— Je regrette…

Alors, Stan bondit.

— Ce n'est pas possible !… Vous le faites exprès… Pardon !… Je ne sais plus ce que je dis… Vous ne comprenez donc pas que je connais tous les membres de la bande des Polonais ?….

— Dans ce cas, je vais appeler mon secrétaire afin qu'il prenne note de votre déposition et vous la signerez.

— Ce n'est pas possible ! Vous savez que c'est impossible, que si je faisais cela ma vie serait encore plus en danger ! Je n'ai plus d'argent, plus de domicile. Je ne sais même pas où est la femme avec qui je vis depuis cinq ans… Je crois que je suis malade… Je n'ai pas le droit de travailler parce que je n'ai pas de carte de travail… L'inspecteur Mizeri ne l'ignore pas… Il m'avait promis… Écoutez, monsieur le commissaire… Si je vous dis tout, si je vous permets d'arrêter la bande…

— Comment la connaissez-vous ?

— Je vous jure que je ne mens pas ! L'inspecteur vous dira que je suis sérieux. Je connaissais déjà Frida à…

Il se mordit la langue. Voilà qu'il en avait trop dit ! Maintenant, on lui tirerait les vers du nez et on ne lui donnerait rien ! Car il n'oubliait pas ses cinq mille francs ! Il s'y raccrochait plus que jamais, l'alerte passée.

— Qui est Frida ?

— Une fille que j'ai connue à Wilno... Je suis né à Wilno... Elle aussi... Un jour, elle a tué un de ses amants à coups de hache...

Il ne pensait plus au paquet qu'il avait posé devant lui sur le bureau. Le commissaire venait de le saisir, retirait le papier gris, contemplait la hache de ménage.

— Continuez...

— Je vous expliquerai ceci aussi... C'est elle qui m'a forcé à l'acheter...

— À acheter quoi ?

— La hache...

— Celle avec laquelle elle a tué son amant ?

— Mais non ! Vous ne voulez donc pas comprendre ?

Cela ressemblait à une conspiration. Il se débattait, tout seul, dans un univers hostile. Tout et tous se liguaient contre lui. Il se prenait le front à deux mains. N'allait-il pas se laisser aller à une crise de nerfs ?

Les yeux fixes, les dents serrées, il martelait :

— C'est elle qui a organisé la bande... Je le sais depuis l'Amérique...

— Qu'est-ce que vous faisiez en Amérique ?

— J'étais infirmier chez un dentiste... On n'en a peut-être pas parlé en Europe : pendant tout un hiver, il y a eu des attentats contre des fermes isolées... Les fermiers étaient toujours tués à coups de hache... On ne trouvait aucune trace, aucun indice... Puis, à la suite d'une dénonciation...

Il pâlit. Il n'avait pas encore pensé que c'était la seconde fois que Frida était dénoncée et que, cette fois, c'était par lui. Il baissa la tête, s'efforça de ne pas rougir, sentit ses oreilles brûlantes.

— Dépêchez-vous ! Il est midi…

— Je vous demande pardon… On l'a arrêtée… Elle a nié, bien entendu… On n'a relevé aucune preuve contre elle… Rien que des présomptions… Et elle a été acquittée par le jury… Mais moi, qui avais reconnu sa photographie dans les journaux, je savais…

— C'est-à-dire que vous supposez qu'elle est coupable ?

— J'en ai la certitude… Quand les mêmes crimes ont été commis en France d'une façon identique, à coups de hache, j'ai pensé tout de suite à Frida…

— Qu'est-ce que vous êtes venu faire en France ?

Que répondre ?

— Ou, si vous préférez, pour quelles raisons avez-vous quitté l'Amérique à peu près à la même époque que cette Frida dont vous parlez ?

— Je vous jure, monsieur le commissaire !… Vous pensez que… ? C'est faux !… C'est absolument faux !… À New York, je ne l'ai jamais rencontrée… J'ai vu sa photo dans les journaux et rien d'autre… Si je suis parti, c'est…

C'est qu'il avait voulu faire chanter son patron, voilà ! Son patron le dentiste, qui tenait en réalité, sous le couvert de l'art dentaire, une officine d'avortement.

Stan l'avait aidé pendant des années, les années durant lesquelles il n'hésitait pas à prendre des taxis avec Nouchi. Puis il était devenu gourmand. L'autre ne s'était pas laissé faire et s'était adressé à une bande de gangsters.

Stan avait compris qu'il valait mieux partir, que la police serait incapable de le protéger.

N'était-ce pas extraordinaire qu'à de si longs intervalles les mêmes événements, ou presque...

— Eh bien ? s'étonnait le commissaire.

— Oui... Pardon... Je m'étais disputé avec mon patron... J'ai cru qu'en France...

Il avait perdu le fil. Il était épouvanté de constater qu'à mesure qu'il avançait c'était un engrenage plus serré qui le coinçait. Et surtout, l'épouvantable, c'était l'automatisme de certaines choses, de certaines attitudes, de certains événements...

— Qu'est-ce que je disais ?.... Ah ! oui... Que quand je suis venu en France avec Nouchi, les affaires n'ont pas tourné aussi bien que je l'espérais...

— Quelle est votre profession ?

— Je n'en ai pas... J'ai commencé des études de médecine...

— Continuez.

— Oui... (Il avait l'œil fixé sur l'horloge et craignait toujours de voir le commissaire mettre son chapeau.)... Nous sommes descendus, Nouchi et moi, dans un petit hôtel... Dans la chambre voisine de la nôtre, j'ai reconnu la voix de Frida... Je l'ai rencontrée aussi dans l'escalier... C'était juste l'époque des attentats contre les fermes du Nord... J'ai compris...

— De quel hôtel s'agit-il ?

— L'*Hôtel de Birague*...

Tant pis ! Il ne se sentait plus de force à lutter.

— Cette Frida y est encore ? Vous connaissez son nom de famille ?

— Frida Stavitskaïa.

— Et vous m'avez dit, je pense, que vous connaissez le nom de tous ses complices ?

— L'inspecteur Mizeri m'avait promis…

— Je suis le commissaire Lognon…

Qu'est-ce que cela signifiait ?

— Il y a d'abord son ancien infirmier… Car il faut vous dire que, quand elle a été arrêtée, à Wilno, on a prétendu qu'elle était folle et…

Il parlait avec volubilité, se lançait dans d'innombrables explications de détails. Tout y passait, Josef et sa jalousie triste, la brute velue et le lit commun, Kellermann, le Baron qui perdait aux courses et les beuveries périodiques accompagnant l'oie fumée.

Le commissaire, qui s'était rassis, prenait des notes, très peu, seulement quelques mots, de son écriture appliquée. Il ne posait pas de questions mais, quand Stan se taisait, il se contentait de lever la tête. Et Stan avait si peur d'être livré à lui-même qu'il repartait dans de nouvelles explications.

— Ce que je ne comprends pas, c'est que vous soyez justement allé passer la nuit avec eux après avoir, prétendez-vous, livré toute la bande à l'inspecteur Mizeri…

— Je ne l'ai pas fait exprès… Elle était sur le palier… Le patron m'a fait monter…

— Et, ce matin, vous êtes allé acheter une hache ? Vous étiez sur le point aussi, m'a-t-on dit, d'acheter des gants de caoutchouc…

— C'est eux qui…

Cette fois, le commissaire se levait définitivement et endossait son pardessus.

— Je vous remercie. Vos déclarations seront vérifiées.

— Qu'est-ce que je vais faire, moi ? s'affolait Stan.

— Vous êtes libre. Je n'ai aucune raison de vous retenir, vous pouvez emporter votre hache…

— Mais, monsieur le commissaire, si on les a laissés en liberté, ils vont me tuer…

Geste vague d'impuissance.

— Vous devez me protéger. J'ai aidé la police ! J'ai fait mon devoir d'honnête homme ! S'il m'arrivait un malheur…

— Pour quelle raison voulez-vous que je vous arrête ?

— Je ne sais pas… Vous me garderiez simplement jusqu'à ce que toute la bande soit en prison… Je…

Une inspiration.

— J'ai le droit d'y être, en prison ! Si je connais l'inspecteur Mizeri, c'est parce qu'il m'a expulsé. Or, je suis rentré en France frauduleusement…

— Ceci regarde le service des étrangers… Et, s'il fallait mettre en prison tous les expulsés qui circulent en France…

— Attendez !… Accordez-moi encore quelques minutes… Si j'avais suivi les ordres de Frida Stavitskaïa, j'aurais tué des paysans, ce soir, dans une ferme d'Hallencourt… Je devais voler une camionnette à la porte Maillot… Puisque j'ai acheté la hache, il y a commencement d'exécution et j'ai le droit…

Le commissaire posa la main sur le bouton de la porte.

— Je vous dis que je ne veux pas retourner dans

la rue !... Si je vous injuriais ?.... Cela constituerait un outrage à magistrat et...

S'il allait lui dire qu'il avait attaqué un taxi sur la route de Versailles ? Il s'arrêta à temps.

— J'ai toutes les raisons de croire que les gens que vous craignez vous laisseront tranquille...

— Ils sont arrêtés ?

— Je n'ai pas dit ça.

— Alors, pourquoi ne me faites-vous pas protéger par un inspecteur ?

— Si nous devions faire protéger par un policier tous ceux qui se croient menacés... Il est midi dix... On m'attend... Si cela ne vous fait rien de sortir...

Le commissaire referma sa porte à clef et s'engagea dans le long couloir sans plus s'occuper de Stan. Celui-ci, une fois au-dessus de l'escalier, n'osa pas s'y engager. Il ne se décidait pas à quitter cette atmosphère quiète et rassurante. Il longea le couloir jusqu'au bout. Une partie du salon d'attente était vitrée. Il vit la jeune femme qui attendait encore et qui fixa sur lui des yeux dévorés d'inquiétude. Ainsi, l'interrogatoire durait toujours !

Ses engelures lui faisaient à nouveau mal. Il marchait en claudiquant, exagérait, pour se sentir plus malheureux.

Les locaux étaient presque vides. Derrière deux ou trois portes seulement on sentait un peu de vie. L'huissier aux cheveux d'argent mangeait devant son bureau.

Il descendit quelques marches, s'arrêta. Est-ce qu'on pourrait l'empêcher de rester dans le couloir ? Il descendit encore. Il n'avait pas emporté sa hache. Au dernier moment, il l'avait oubliée sur la chaise.

— Si seulement…

Si seulement quoi ? Il parlait pour parler, comme il le faisait quand il ne savait plus où il en était.

La cour… Le car était toujours là, et la voiture cellulaire… De l'air froid s'engouffrait dans le porche. Il dut tenir son chapeau. Avant de s'engager sur le trottoir, il regarda à droite, à gauche, puis en face l'autre trottoir et le parapet de la Seine.

Et s'il se jetait à l'eau ? On le sauverait ! On l'enverrait à l'hôpital ! À moins qu'on ne fasse pas attention à lui ou qu'on arrive trop tard ?

Il avait à la fois envie de courir et de s'arrêter. Et cependant, à son insu, clopin-clopant, il se dirigeait vers le faubourg Montmartre, vers l'*Hôtel des Étrangers*.

DEUXIÈME PARTIE

1

Il y avait déjà un bon moment que Mme Storm attendait de rencontrer le regard de son mari. Il le savait sûrement ; c'était un homme qui voyait dans son dos. Mais il ne détestait pas de la laisser patauger.

Enfin il détourna un peu la tête. Elle vit ses yeux derrière le reflet des lorgnons d'or. Elle sourit, d'un sourire vague par lequel elle semblait vouloir excuser les moindres actes de sa vie.

Le plus gênant, c'est que les autres l'avaient remarqué. Tout le monde savait ce que cela signifiait. Aussi le silence s'était-il fait. On attendait.

Le docteur Helmut Storm n'éprouvait-il pas un malin plaisir à sentir flotter ainsi sa bonne grosse épouse ? Elle était là, comme suspendue à lui, s'efforçant de garder son sourire, se demandant s'il…

Enfin ! Il avait battu des paupières, à peine, et elle s'empressait de sourire à chacun tour à tour, toujours comme pour s'excuser de les déranger.

— Si vous voulez… ?

Elle était si timide, si troublée qu'elle était seule à entendre les mots qu'elle prononçait et que, quand il voulait la taquiner, son mari affirmait qu'aucun son, dans ces cas-là, ne sortait de ses lèvres.

On était sorti de table. Les difficultés n'étaient pas conjurées, mais le plus dangereux était passé. Le goulasch était réussi. Seul le camembert n'était pas à point, mais c'était la faute d'Helmut qui prétendait être infaillible dans le choix des camemberts et qui se trompait à chaque fois.

Quant à Potsi, la petite bonne au visage lunaire, au chignon dur et serré, elle devait être encore plus soulagée que Mme Storm.

Pour Potsi, il est vrai, c'était compréhensible. Y avait-il trois mois que Storm l'avait fait venir de son village des Carpathes ? Elle ne parlait pas un mot de français. C'était pourtant elle, dans la journée, qui introduisait les clients du docteur en les regardant avec effroi s'ils avaient l'air de lui poser une question.

Mais Mme Storm ! Non seulement elle était de bonne famille, mais elle avait passé sa jeunesse à Vienne. Elle y avait vécu avec le docteur qui, lui, était originaire de Budapest. Puis ils avaient résidé, plusieurs années, à Munich, un an à Genève, où les autorités suisses avaient jugé que le docteur s'occupait trop peu de laryngologie et trop de politique.

N'aurait-elle pas dû prendre l'habitude des déménagements ? Certes, elle ne protestait pas. On ne pouvait pas l'accuser non plus de s'affoler. C'était chez elle, à chaque nouvel avatar, comme une stupeur résignée. Elle ne savait plus où elle était, ni où elle allait. Aussi bien pour ne pas mettre son mari en colère que pour conjurer le sort, elle souriait d'un de ces sourires mystérieux qu'on voit dans les églises à certains Jean Baptiste.

— Vous prendrez du café, monsieur le professeur ?

L'un des invités était le professeur Minchon, chef de clinique à Laennec, et, contre l'attente de Mme Storm, c'était un homme qu'on n'aurait pas remarqué dans la rue, habillé d'une façon quelconque. Pendant tout le dîner, il avait raconté des histoires comiques tandis que sa femme demandait la recette des mets étrangers qu'on lui servait.

Les autres, Alexandre Rosen et sa femme, c'était sans importance : des compatriotes qu'on avait invités pour faire nombre, parce qu'on ne garnit pas une table avec quatre personnes. Rosen était dans le cinéma. Sa femme était beaucoup trop jolie et nullement habillée pour ce petit appartement douillet de Passy aux boiseries gris perle et aux meubles de bois doré.

Mme Storm ne s'y retrouvait plus dans ses appartements successifs. Arrivée devant une porte, elle voulait pousser un bouton, à droite, parce qu'à New York ils avaient un appartement ultramoderne dont les portes s'ouvraient électriquement.

— Un sucre ?.... Deux ?....

— Deux... Merci...

Elle avait appris le français toute petite, mais elle osait à peine le parler, cherchait ses mots, les disait mal alors que Storm, quelques semaines après son arrivée dans un pays, en parlait la langue couramment.

C'était un homme de valeur. La preuve, c'est que

le professeur Minchon, qui sortait peu, s'était dérangé pour ce dîner. Storm était sec, très sévère en apparence, avec une petite barbiche carrée qui grisonnait ; cependant sa femme savait voir quand, derrière les lunettes, ses yeux devenaient farceurs ; elle le savait d'autant mieux que c'était invariablement elle la victime de ces farces.

La femme de Rosen avait allumé une cigarette. Storm passait la boîte de cigares, continuait avec le professeur une conversation commencée à table.

— Promettez-moi que vous ne me laisserez pas seule au salon avec les dames, avait supplié Mme Storm avant le dîner.

Elle savait si bien comment ça allait se passer ! Elle voyait déjà les deux dos évoluer vers la porte de gauche. Son mari avait posé la main sur l'épaule du professeur. Encore quelques instants et il entraînerait celui-ci dans son cabinet de consultation.

Qu'allait-elle dire ? Qu'allait-elle faire ? Elle souriait de plus belle à Mme Minchon, à Mme Rosen, à Rosen. Elle les suppliait de dire quelque chose et les deux médecins sortaient, en effet. Storm prononçait :

— Vous allez voir ces radiographies qui ont été faites à Chicago…

Les Storm, ou plutôt Helmut Storm, car sa femme n'y était pour rien, avait choisi le coin le plus parisien de Paris, le plus doux, le plus bourgeois, un appartement comme il y en a peut-être cent mille, avec la même porte vitrée entre la salle à manger et le salon, le même couloir ; et combien de médecins, à Paris, avaient un cabinet de consultation identique ?

— Attendez… J'ai dû mettre le dossier…

Il fouilla un meuble classeur, ne trouva pas ce qu'il cherchait, s'impatienta soudain, car il avait l'humeur prompte. Il sonna la bonne, et dans le salon Mme Storm s'effraya en se demandant ce que signifiait ce coup de timbre.

— Potsi, dit-il en hongrois, où est Mlle Nouchi ?

— Elle est déjà montée.

— Allez lui demander… Ou plutôt… Il y a combien de temps qu'elle est montée ?…. Vous m'excusez, professeur ? Ma domestique ne comprend pas un mot de français…

— Il y a une heure…

— Bon…

— Qu'est-ce que je dois lui dire ?

— Rien…

Minchon feuilletait une revue scientifique allemande. S'il y avait une heure que Nouchi était montée, elle était déjà couchée. Storm n'avait pas expressément des vues sur elle, mais il ne lui déplairait pas de la surprendre dans l'intimité chaude de sa chambre.

— Vous permettez un instant ? Je vais demander à ma secrétaire où elle a classé ce dossier.

— Je vous en prie.

Il traversa la cuisine où Potsi et Jeanne mangeaient à leur tour, les coudes sur une table encombrée de restes. Il s'engagea dans l'escalier de service, monta au septième, à grands pas.

Il n'avait pas pu loger Nouchi dans l'appartement où la place manquait, mais il y avait justement une chambre de bonne libre et il s'était arrangé avec la concierge. Il compta les portes, ne vit pas de lumière.

Il commença par frapper tout doucement, par gratter plutôt, et il dit à mi-voix :

— C'est moi, Nouchi… Ouvrez un instant…

Il n'était pas très à son aise, soudain. Les domestiques, dans les autres chambres, allaient croire… Et Nouchi qui ne savait pas pourquoi il montait devait s'imaginer…

— Nouchi… J'ai un renseignement à vous demander… Entrouvrez seulement votre porte…

D'abord il pensa que, malgré ses recommandations, elle était sortie. Cela le mit de mauvaise humeur et il essaya de tourner le bouton de la porte. Un ressort du lit craqua. Donc, la jeune fille était là !

— Nouchi !… Je suis pressé…

Il entendit chuchoter. De cela, il fut absolument certain. Il n'aurait pu jurer si c'était un homme ou une femme. À la rigueur, Nouchi aurait beau jeu de prétendre qu'elle parlait toute seule. Mais pourquoi mettre autant de temps à venir lui ouvrir la porte ? Il ne la regarderait même pas ! C'était inutile de faire des manières avec lui…

— Eh bien ?

La clef tourna. L'huis s'entrebâilla. Nouchi, en chemise, pieds nus, cheveux défaits, les traits brouillés par le sommeil, le regardait avec égarement.

— Qu'est-ce qu'il y a ?

Elle n'ouvrait pas assez la porte pour lui livrer passage. Elle n'avait pas allumé et il eut l'intuition qu'elle avait peur de la clarté.

N'avait-il pas des droits, puisqu'il l'avait recueillie, quasi mourante de faim ? Il s'avança. Elle fut forcée de reculer. Il tourna le commutateur.

— J'ai besoin d'un renseignement… Dans les dossiers que vous avez classés hier, il y en avait un à couverture jaune, marqué Chicago…

Il remarqua qu'elle avait les lèvres blanches, sans doute parce qu'elle était démaquillée. Peut-être employait-elle une crème pour la nuit ?

Le lit était ouvert, tout défait, beaucoup plus défait qu'un lit d'une personne ne l'est d'ordinaire. Et, dépassant de dessous le lit, Storm aperçut un pied d'homme.

— Je l'ai rangé dans le…

Elle allait suivre son regard. Il s'empressa de le poser ailleurs, n'importe où, au hasard, sur du linge pendant au dossier d'une chaise.

— Qu'est-ce que vous regardez ?

— Rien… Vous l'avez rangé ?….

— … dans le placard de la salle d'attente… Sur la seconde planche…

En descendant l'escalier, il s'efforça de reprendre un air naturel. Son cabinet de consultation était vide. Il jugea préférable, pour avoir une contenance, d'aller d'abord prendre le dossier de Chicago.

Le professeur Minchon était dans le salon, debout, son cigare à la main, et racontait une anecdote.

Quant à Mme Storm, comme il fallait s'y attendre, elle regarda son mari avec inquiétude, puis s'empressa de sourire pour s'excuser, pour que les invités ne s'aperçoivent de rien.

Pourquoi était-il plus pâle que d'habitude ? Pourquoi était-il si préoccupé que, lui qui parlait si volontiers, en oubliait de prendre part à la conversation ?

Heureusement que la petite Mme Rosen, qui s'ennuyait, ne tarda pas à donner le signal du départ, pressée d'aller finir la soirée dans un endroit plus gai. Devant la porte ouverte sur la cage d'escalier, puis devant l'ascenseur, ce fut l'habituel piétinement.

Enfin les Storm se trouvèrent seuls dans l'appartement où traînaient des courants d'air, des bouffées de parfum et des nuages de cigare.

— Qu'est-ce qui s'est passé, Helmut ?

Il l'aimait bien, encore qu'elle fût devenue si grosse et si molle. Il la regarda, hésitant, sachant qu'elle allait encore s'affoler.

— Où êtes-vous allé, tout à l'heure ? Il se passe quelque chose avec Nouchi, n'est-ce pas ?

Elle l'avait prévu dès le premier jour. Chaque fois qu'il leur était arrivé une histoire désagréable, elle l'avait annoncé. On s'installait quelque part. On s'habituait petit à petit au pays, à la ville, au quartier, à l'appartement. On pouvait espérer que c'en était fini de mener une existence de romanichels et soudain il y avait un petit fait, les ennuis commençaient, d'abord en sourdine, jusqu'au jour où Helmut déclarait en affectant l'indifférence :

— Nous allons nous installer à…

Peut-être à Amsterdam ? À Rome ? À Bruxelles ?

Déjà elle avait peur quand on appelait le docteur la nuit. Cette fois-là, il était grippé et il faisait très froid.

— Où est-ce ? avait-elle questionné, le téléphone raccroché.

— Dans un hôtel, sur les Grands Boulevards… Un client que j'ai soigné en Amérique et à qui j'ai posé un larynx artificiel…

C'était vrai. Devant l'hôtel, il avait renvoyé son taxi, car il savait qu'il en aurait pour longtemps. Quand il était ressorti, le jour allait poindre. Il eut froid. Avant de prendre un nouveau taxi, il entra dans un café ouvert, au coin de la rue Montmartre et des boulevards.

— Un grog !

On le regardait, à cause de sa pelisse. Lui ne regardait personne en particulier et pourtant il finit par sourciller devant un visage. Il murmura assez bas :

— Nouchi Kersten ?

Car il n'était pas sûr. Il y avait plusieurs années qu'il n'avait pas vu les Kersten et qu'il avait coupé les amygdales à Nouchi et à sa sœur.

— Docteur Storm !

— Qu'est-ce que vous faites à Paris ? Est-ce que votre père… ?

— Non.

— Alors ?

C'était très difficile.

— Vous êtes seule ?

À vrai dire, il pensait que c'était encore plus grave. Ne voyait-il pas près d'elle deux femmes qui avaient certainement passé la nuit à arpenter les trottoirs ?

— Il faut que vous veniez jusqu'à la maison…

Exténuée, elle se laissa emmener. Il fit lever Mme Storm, qui avait connu Nouchi, elle aussi, aux États-Unis, mais la Nouchi qu'elle avait connue était une petite fille au long nez.

— Qu'est-ce qui vous est arrivé ?…. Vous n'avez pas de domicile ?

Et elle, poursuivie par une idée fixe :

— Vous voulez bien me donner cent francs ?

Elle disait cent comme un peu plus tard Stan devait dire cinq mille. On lui donnait à boire, à manger. On mettait ses chaussures à sécher sur le radiateur. Et elle devait découvrir ses bas troués, ses pieds sales.

— Il faut absolument que vous vous couchiez, Nouchi... Après, quand vous serez reposée, nous causerons...

Storm et le père de Nouchi s'étaient connus à Budapest, avaient collaboré aux mêmes journaux d'opinion.

— Je ne peux pas !

— Pourquoi ?

— Il faut d'abord que je fasse quelque chose...

— Quoi ?

Elle était vraiment lasse. Elle ne luttait plus que mollement.

— Je dois aller porter une lettre...

Les Storm se regardèrent. Le docteur la décida à l'accompagner. Il ne lui demanda pas d'autres explications tout de suite. Il attendit, à la porte de l'*Hôtel des Étrangers*. Il la ramena chez lui.

Le soir, après que Nouchi eut raconté toute son histoire, Mme Storm, au moment de s'endormir, soupira :

— Elle va sûrement nous attirer des ennuis !

Elle ne protestait pas, ne proposait pas de se débarrasser de la jeune fille en lui donnant un peu d'argent. Elle constatait, voilà tout. D'ailleurs, Nouchi ou autre chose, cela n'aurait rien changé. Il n'y avait pas d'exemple qu'ils eussent vécu quatre ans quelque part sans catastrophe et il y avait juste quatre ans qu'ils étaient à Paris.

— Vous croyez que c'est son Polonais ?

— Qui serait-ce ?

— Vous n'avez rien dit ? Vous croyez, Helmut, qu'elle sait que vous avez vu l'homme ? Dans ce cas, elle va peut-être le faire partir… Écoutez !… Il y a une chose que je ne vous ai pas dite… L'autre jour… Attendez… C'était avant-hier… Potsi lavait les vitres… Je mettais de l'ordre dans le salon…

Elle mettait toujours de l'ordre ! Et, pour ce travail important, elle se nouait un foulard autour de la tête !

— … La fenêtre était ouverte… Potsi m'a appelée… Elle m'a désigné un homme qui se tenait au coin de la rue et qui regardait notre maison…

Sur le guéridon du salon traînaient les verres à liqueur et les tasses à café des invités.

— Potsi m'a affirmé qu'il y avait plus d'une heure qu'il était à la même place et qu'elle l'avait déjà remarqué la veille, quand elle promenait le chien… Vous ne croyez pas que… ?

Il disait non, bien sûr ! Devant elle, il jetait à rien les faits les plus inquiétants.

— Ici, on nous laisse en paix… Vous avez une belle clientèle… Encore deux traites et les meubles seront payés…

Nouchi lui avait pourtant promis de ne pas revoir Stan ! Il l'avait questionnée longuement, avec la même précision qu'il questionnait ses malades. Sur leur situation à Stan et à elle, elle avait répondu avec une franchise absolue.

— Pourquoi a-t-il quitté l'Amérique ? Il a fait des bêtises ?

Simplement, elle avait raconté l'histoire des avortements et du chantage que Stan avait essayé sur son patron.

— Vous l'aimez, Nouchi ?

Elle avait réfléchi. Elle était calme. Tout lui paraissait naturel.

— Je ne sais pas.

— Vous ne savez pas si vous l'aimez et vous avez quitté vos parents pour le suivre ?

— Il était malheureux.

— Et maintenant ?

— Il est encore malheureux... Il est à bout... Je suis sûre qu'il va faire une folie...

— Vous êtes capable de l'en empêcher ?

Son regard se plantait franchement dans les lunettes brillantes du docteur.

— Non !

— Alors ? A quoi bon ?

— Je sais... Mais...

— Il faut que vous vous reposiez quelques jours, Nouchi. Vous resterez ici. Pour vous occuper, vous me servirez de secrétaire. Il est préférable que vous ne restiez pas seule avec vos pensées toute la journée...

Pour une autre, cela eût probablement été vrai. Pas pour Nouchi. Elle était capable de rester toute la journée en tête à tête avec les pensées les plus terribles.

— Promettez-moi de ne pas le revoir... Au nom de votre père...

Elle n'aimait pas son père ! Le docteur Storm en parlait sans le connaître, sans connaître tout au moins

Kersten tel qu'il était devenu. Une fois, il avait envoyé Nouchi porter une lettre à un homme riche qu'il avait connu à Berlin. Une lettre comme toutes celles qu'il envoyait, pour demander de l'argent ! Il attendait dans une pharmacie, près de la fontaine à soda.

Est-ce qu'il savait ? Est-ce qu'il ne savait pas ? C'était la même chose ! Elle avait été reçue, à trois heures de l'après-midi, par un homme qui venait de se lever et qui était en pyjama de soie sous sa robe de chambre. Il sortait de son bain. La porte de la salle de bains était ouverte. Il avait lu la lettre. Elle avait tout de suite compris, à son regard.

Elle avait même compris le fond de sa pensée, la cause de son hésitation. Elle était si jeune, à cette époque-là, qu'il se demandait s'il n'allait pas s'attirer des ennuis ; il aurait aimé savoir d'abord si elle avait déjà connu des hommes.

Elle était restée deux heures chez lui. Elle n'avait pas pleuré, mais, quand elle avait rejoint son père avec une enveloppe, elle était très pâle.

Son père ne lui avait rien demandé.

— Il faut au moins qu'il sache où me retrouver... avait-elle dit au docteur.

Il avait cédé en partie. Il avait permis de garder le contact en allant porter lui-même, de temps en temps, un billet à l'*Hôtel des Étrangers*.

Il y avait quinze jours de cela. Il y avait huit jours qu'à l'hôtel on lui répondait que personne n'était venu réclamer les dernières lettres.

— Ne me regardez pas comme ça ! disait-il maintenant à sa femme.

Pourtant elle le regardait comme toujours, avec soumission, humilité. Elle s'efforçait, comme toujours aussi, de le regarder avec confiance et de lui laisser croire qu'il était infaillible.

N'empêche qu'elle était capable d'avoir senti, certains jours, qu'il n'était plus tout à fait le même homme depuis que Nouchi vivait dans la maison.

— Qu'allez-vous faire, Helmut ? Si vous avez des ennuis avec la police, on vous retirera votre carte d'étranger et votre patente. Souvenez-vous du mal que vous avez eu pour…

Il était prêt à aller là-haut. Qu'est-ce qui le retenait ? Il hésitait, écrasait un bout de cigarette dans le cendrier.

— Nous verrons cela demain… Allons nous coucher…

Ils mirent plus d'une heure à s'endormir l'un et l'autre, mais chacun s'efforçait d'avoir une respiration régulière et de ne pas faire un mouvement.

— Je suis sûre qu'il t'a vu ! disait-elle, assise sur la chaise où pendait son linge.

Bien qu'elle eût froid, elle ne pensait pas à se recoucher. Quant à lui, il était assis au bord du lit, et il avait passé son pardessus sur son pyjama.

Elle ne le regardait qu'avec une certaine gêne. Il s'était passé quelque chose d'extraordinaire. Depuis plus d'une semaine qu'il vivait dans cette chambre sans en sortir, il avait engraissé. D'habitude, il était extrêmement maigre et on voyait deux creux à ses pommettes.

Or, les creux s'étaient effacés. Les lignes étaient devenues floues. Mais les chairs n'étaient pas dures, n'avaient pas de couleur.

Si bien qu'elle ne reconnaissait plus ses expressions de physionomie. Il avait beau pincer les narines, ce n'était plus lui.

— Tu m'entends, Stan ?

— Est-ce ma faute ? Il faut croire qu'il avait de bonnes raisons pour vouloir te rejoindre dans ta chambre.

— Stan !

Que n'avait-elle pas fait pour lui pendant ces dernières semaines ! Au début, elle avait cru qu'elle pourrait le nourrir avec des restes qu'elle chipait à la cuisine. Mais Jeanne s'était étonnée de la disparition d'une côtelette d'abord, puis d'un reste de bœuf avec lequel elle comptait faire un hachis.

Pour acheter de la nourriture, il fallait de l'argent. Il n'en traînait pas dans la maison, sinon elle en aurait peut-être pris un peu, de la monnaie par-ci, de la monnaie par-là.

Alors elle s'était rejetée sur Potsi qui n'était pas seulement naïve, mais franchement bête. Potsi touchait deux cents francs par mois. Elle ne dépensait rien, car Paris lui faisait si peur qu'elle n'osait pas aller plus loin que le bout de la rue.

— Tu peux me prêter cent francs, Potsi ? J'ai oublié mon sac là-haut…

Potsi avait six cents francs : trois mois de gages. Cinq cents y passèrent sous des prétextes adroits, et la fille des Carpathes avait juré solennellement, sur la tête de sa mère, qu'elle n'en parlerait à personne.

Nouchi achetait de la nourriture dans le quartier. Elle devait ruser pour aller en jeter les reliefs et certaines nécessités de la nature humaine l'obligeaient à d'autres ruses, à des besognes écœurantes.

L'inouï, c'est que c'était Stan qui devenait hargneux et qui manifestait chaque jour plus d'exigences.

— Il est impossible que tu restes éternellement ici… Écoute, Stan !… Je te trouverai de quoi louer une petite chambre…

Il ne lui avait pas avoué qu'il avait livré Frida et sa bande à la police. Il avait inventé une histoire. Il lui avait raconté que, ne pouvant se procurer de l'argent, il était allé trouver Yvan, le barbu, à qui il avait demandé de lui prêter quelques francs.

— Parce que je savais que tu avais faim…

Yvan avait refusé. Stan et lui s'étaient disputés. Yvan avait menacé de lui « faire son affaire ».

— Il n'osera pas, Stan ! Pourquoi ferait-il cela ?

— Tu crois qu'il hésiterait à tuer un homme ?

Il ricanait, devenait insupportable, d'une susceptibilité qui provoquait des disputes à chaque instant. Il était même jaloux.

— Il t'a encore pelotée, ton docteur Storm ?

— Il ne m'a jamais touchée.

— Ce serait plus propre de me le dire. C'est si facile ! Du moment qu'on sait que je ne peux quitter cette chambre…

En bas, elle menait une vie presque normale. Elle classait des observations médicales vieilles de six ans et plus, qui n'avaient jamais été mises en ordre.

Comme il n'y avait pas de bureau pour elle, comme d'autre part le salon servait de salle d'attente pour les clients, on lui avait installé une table dans la chambre à coucher des Storm, où Mme Storm se tenait quand elle n'était pas dans la cuisine.

L'appartement ressemblait à une boîte doublée de satin. Il y avait des moquettes grises partout, des rideaux épais, et tous les sièges étaient recouverts de tapisserie ou de soie. On allumait deux ou trois bûches dans l'âtre, de petites bûches régulières, et il y avait un balai minuscule, à manche d'ivoire, pour ramasser les cendres.

Mme Storm s'habillait en rose ou en bleu pâle. Elle venait s'asseoir près de Nouchi avec un ouvrage. De demi-heure en demi-heure, on entendait un coup de sonnette. Mme Storm tendait l'oreille, pour s'assurer que Potsi allait ouvrir. On introduisait un client dans le salon. On percevait un murmure de voix dans le cabinet de consultation, surtout quand la visite était finie, que le client était debout, que le docteur ouvrait la porte donnant sur le corridor.

— Mais oui… La semaine prochaine… C'est entendu… Au revoir…

Il se dirigeait vers l'autre porte, celle du salon où quatre ou cinq personnes attendaient, où une se levait.

— Il faut que je monte un instant dans ma chambre…

Celle-ci était fermée à clef. C'était Nouchi qui avait la clef. Il eût été dangereux d'agir autrement et elle avait pensé qu'en cas d'incendie…

— Tu as les journaux ? questionnait Stan, étendu sur le lit.

Elle ne savait pas pourquoi il les réclamait avec tant d'insistance, ni surtout pourquoi, après les avoir lus, il était de plus mauvaise humeur encore.

C'est qu'on n'y trouvait pas un mot de la bande des Polonais. S'ils avaient été arrêtés, la presse en aurait parlé ! Donc Frida, Yvan, Kellermann, le Baron et l'autre, dont il ne se rappelait jamais le nom, étaient en liberté.

Pourquoi ? Qu'est-ce qu'on manigançait ? Pourquoi l'inspecteur Mizeri n'avait-il rien fait ? À plus forte raison le commissaire Lognon qui possédait pourtant tous les renseignements nécessaires ?

Les protégeait-on ? Y avait-il des raisons pour cela ?

— Tu n'as vu personne ?

Son autre préoccupation !

— Non, Stan.

— Parce que tu n'as pas su regarder… Je suis sûr, moi, qu'il y a quelqu'un dans la rue…

— Je me suis retournée tout le temps…

Il ricanait. C'était un tic nouveau, un ricanement très sec, pénible à entendre. Avant, il se contentait de pincer les narines en aspirant bruyamment. Maintenant, il faisait les deux.

— Qu'est-ce que tu m'as apporté à manger ?

— Des côtelettes froides.

Lui qui crevait de faim quelques jours plus tôt faisait la moue. Il devenait gourmand. Il ouvrait avec une sorte de fièvre les petits paquets qu'elle apportait dans ses poches et dans son corsage. Il lui arrivait de protester.

— Tu m'as encore laissé toute l'après-midi sans rien à boire !

Était-ce la faute de Nouchi s'il était plus difficile de passer des bouteilles sans attirer l'attention ?

Maintenant, après l'irruption du docteur Storm, elle avait le visage grave de quelqu'un qui a pris une décision. Parce qu'il s'en apercevait, il parlait d'autre chose.

— Ça ne t'a rien rappelé, quand il a frappé à la porte ?.... Tu as la mémoire courte !... Quand nous sommes allés à Grenelle, chez Stéphan Lartik... Il était là, lui aussi !... Pas seul... Il est vrai que ces deux-là ne dormaient pas !... Et ils nous ont laissé frapper à la porte tant que nous avons voulu...

— Je ne pouvais pas !

— Parbleu ! Tu te considères comme leur prisonnière...

— Il faudra partir avant le jour, Stan... Tout à l'heure, j'irai trouver Potsi... Je l'éveillerai... Je lui demanderai les cent francs qui lui restent...

— Tu as hâte d'être débarrassée de moi ?.... Réfléchis un instant... Si vraiment ton patron m'avait vu, il aurait parlé... Ou alors, il serait monté une fois ses invités partis... Enfin, une troisième solution : c'est qu'il n'ait pas envie d'attirer sur lui l'attention... Pourquoi a-t-il quitté les États-Unis ?

— Parce qu'il ne gagnait pas assez pour vivre et qu'un ami lui avait écrit de Paris qu'il y avait une belle clientèle à prendre...

— Tu le défends !

— Non, je... Stan ! C'est ignoble, ce que tu fais...

— De t'empêcher de me mettre à la porte pour devenir sa maîtresse ?.... Ainsi, tu serais enfin casée...

Il le savait bien, parbleu, qu'il était ignoble ! Mais

comment être autrement ? Si seulement la police avait arrêté Frida et ses compagnons…

Il ne pouvait même pas sortir pour faire ses besoins les plus naturels ! Il fallait que Nouchi…

— Couchons-nous, dit-elle. J'ai froid. Je vais mettre le réveil sur cinq heures. Il fait noir jusqu'à sept heures et quart… Enlève ton pardessus…

Et ils se couchaient à nouveau dans le même lit, un lit de bonne déjà étroit pour une personne. Leurs chairs se touchaient. Ils avaient froid l'un et l'autre.

— Tu n'éteins pas ? questionna-t-il, hargneux.

Elle allongea le bras pour tourner le commutateur. Un silence.

— Bonsoir, Stan…

Elle avait eu l'intention de lui saisir la main, de la serrer, mais il était tourné vers le mur et tout replié sur lui-même.

— … soir !

2

Quand la sonnerie se déclencha, elle s'assit sur son lit, d'un brusque mouvement, et fut un certain temps à écouter le réveil sonner, à fixer l'obscurité, sans se rendre compte.

— Ah ! oui… balbutia-t-elle enfin.

Elle le dit ou elle ne le dit pas. En tout cas, elle crut le dire et elle se pencha, tâtonna dans le vide, poussa enfin sur le bouton d'arrêt.

Elle était trop fatiguée. Elle avait l'impression qu'elle venait seulement de s'endormir et c'était peut-être vrai. Le lit était trop étroit pour deux et, comme Stan prenait toute la place, elle était courbaturée.

Elle n'osa pourtant pas repousser son compagnon. Il dormait, plié en deux, et elle s'arrangea comme elle put, sombra tout de suite dans le sommeil, n'entendit pas, peu après, les réveils qui éclataient les uns après les autres dans les chambres de bonnes.

Quand elle s'éveilla à son tour, il faisait jour, un jour si gris que dans la mansarde d'en face la lampe était allumée ; un homme se rasait, un chauffeur ou un valet de chambre, et les ardoises ruisselaient d'une pluie fine comme un brouillard.

Stan dormait toujours, la lèvre supérieure avancée dans une moue enfantine, un de ses poings fermés. Jusque dans le sommeil il restait nerveux, avec des réflexes brusques, des grimaces soudaines, et ses expressions comme ses mouvements trahissaient invariablement la peur ou la douleur.

Nouchi ne l'éveilla pas tout de suite. Il lui semblait qu'ainsi elle lui faisait cadeau de quelques minutes de paix relative. Elle n'alluma pas la lampe, à cause de l'homme d'en face qui l'aurait vue à sa toilette. Il était occupé, maintenant, à s'entourer le cou d'une cravate en piqué blanc comme en portent les gens de cheval.

Nouchi se lavait. Elle pensait, puis elle s'arrêtait de penser pour gratter un petit bouton d'acné qu'elle découvrait entre les seins, puis elle regardait Stan et elle se disait qu'il devait encore tricher et essayer de l'attendrir par son sommeil.

Pourtant elle le laissa dormir jusqu'au bout. Avec lui c'était toujours à recommencer : il était trop malheureux, capable de n'importe quoi.

Elle ouvrit la porte, la referma à clef et descendit l'escalier de service. Elle portait une robe un peu trop large, en lainage bleu marine, que Mme Storm lui avait achetée en confection et qui se trouvait ressembler, peut-être par hasard, à un uniforme de demoiselle de compagnie. La cuisine qu'elle traversa sentait bon le matin, le premier feu et le pain grillé…

— Bonjour, Jeanne… Ils sont déjà levés ?

— Ils sont à table… Potsi promène le chien… Je vais vous porter vos œufs…

On mangeait des œufs le matin, des œufs à la coque ; on buvait du thé au lait. Mme Storm était plus pâle que le reste de la journée. Elle devait s'enduire la peau d'un fard qui séchait et qu'elle enlevait par la suite.

— Je vous demande pardon d'être en retard…

Elle reçut son sourire de Mme Storm, du docteur un signe de tête qui n'avait rien d'inquiétant car il lisait son journal en déjeunant. Parfois il lançait un coup d'œil par-dessus le rideau de la porte vitrée, car des clients ne tarderaient pas à être introduits au salon.

— J'ai dormi trop fort… essayait d'expliquer Nouchi qui se sentait un visage tiré.

On lui apporta ses deux œufs dans une serviette. Le docteur regarda l'heure à son chronomètre dont il fit claquer le boîtier. Elle eut l'impression alors, très nette mais basée sur rien, qu'on attendait avec une certaine impatience qu'elle eût mangé ses œufs. Cette impression était si forte qu'elle était gênée de manger et qu'elle le faisait avec une précipitation maladroite…

— Nouchi…

Elle ne s'était pas trompée. On avait à peine attendu la dernière bouchée. Elle s'attendait au pire.

— Vous ne voulez pas aller chercher mon lorgnon dans mon cabinet de travail ? J'ai dû l'enfermer par mégarde dans un tiroir. Tout à l'heure, je l'ai cherché en vain…

Elle ne comprit pas. Elle était sûre qu'il y avait quelque chose, car le sourire de Mme Storm le proclamait. Elle se précipita à travers les pièces, trouva aussitôt le lorgnon, et quand elle revint seulement un objet la frappa : son sac à main posé sur la nappe, comme d'habitude, à côté de son couvert.

— Merci, Nouchi…

C'était un petit sac plat et pauvre ; il ne contenait rien de bien précieux, sauf la clef de là-haut.

— Ce que je voudrais que vous me classiez aujourd'hui, par pays, ce sont les lettres de confrères… Vous en trouverez un plein carton, pêle-mêle… Mme Storm vous en remettra d'autres qu'elle avait commencé à classer…

Potsi rentra, laissa échapper le chien, un banal fox comme il y en avait dans toutes les maisons de la rue, et la bête s'élança dans l'appartement. Storm se fâcha. Sa femme fit l'impossible pour rattraper Jimmy. Puis le timbre résonna et tout rentra dans le calme, dans l'ordre : le couple et Nouchi quittèrent sans bruit la salle à manger, car le docteur n'aimait pas que ses clients surprissent, par la baie vitrée, la vie intime de la famille.

— Vous venez, Nouchi ? fit Mme Storm en ouvrant la porte de sa chambre.

Il fallait la suivre. Storm, sur le palier, semblait attendre. Et en effet, au lieu d'entrer dans son cabinet, il se dirigea vers la cuisine. D'ailleurs, le sac était bien mou. Nouchi n'osait pas l'ouvrir. Elle sentait qu'on l'observait. Pourtant elle aurait fort bien pu avoir envie de se moucher !

— Encore ce temps triste, soupira Mme Storm, se demandant ce qu'elle allait faire.

— Il vaut peut-être mieux que j'aille chercher les dossiers dès maintenant…

Il y avait de la gêne dans l'air. Elles mentaient toutes les deux et elles s'en voulaient. Peut-être Mme Storm était-elle aussi angoissée que la jeune fille car, depuis la veille au soir, son mari ne lui avait rien dit et elle en était réduite, elle aussi, aux suppositions. Elle avait pitié de Nouchi. Maintes fois, dans le cours de la matinée, elle eut envie de lui demander pardon de l'attitude de Storm. Mais pouvait-il agir autrement ? Pouvait-il compromettre sa carrière et la vie du ménage pour un garçon qu'il ne connaissait pas ?

La clef n'était pas dans le sac. Storm n'était pas dans son cabinet et trois clients attendaient déjà dans le salon. Nouchi travaillait, s'efforçait de lire les lettres qui étaient jetées en désordre dans une boîte de carton. Les deux bûches commençaient à crépiter, mais il y avait le chauffage central.

Quant à la rue, elle n'avait jamais été si lugubre. C'était comme si le jour ne devait pas se lever tout à fait, comme si on s'était réveillé trop tôt, alors que résonnent seuls les pas des matinaux. On était étonné d'entendre au carrefour le klaxon des autos, la rumeur de la vie déjà en train. Les fenêtres qui s'ouvraient, pendant que les bonnes faisaient le nettoyage, ne laissaient voir que des trous sombres.

Enfin Nouchi tressaillit en même temps que Mme Storm. Elles venaient d'entendre s'ouvrir et se fermer la porte du cabinet de consultation. Puis c'était le tour de l'autre porte, celle qui donnait accès au salon ; le docteur introduisait son premier client.

Est-ce qu'on avait mis Stan dehors sans la prévenir, sans lui permettre de lui dire au revoir ? Elle n'osait pas s'approcher de la fenêtre, regarder dans la rue luisante où traînaient encore les boîtes à ordures. Elle se rongeait les ongles et Mme Storm, en face d'elle, était oppressée comme cela lui arrivait quelquefois.

— Vous permettez un instant, madame ? Il faut que…

Que quoi ? Cela n'avait pas d'importance. Elle était déjà dehors. Elle traversait la cuisine. Jeanne et Potsi la regardaient avec curiosité et maintenant elle courait dans l'escalier, arrivait, essoufflée, au septième, trouvait la clef sur la porte qu'elle poussait brusquement.

— Stan !…

C'était à croire qu'elle avait rêvé, qu'elle avait créé de toutes pièces les fantômes de la matinée. Il était là, près de la fenêtre à tabatière, à regarder dans la rue comme il le faisait pendant des heures.

— Il n'est pas venu ?

— Ton patron ?.... Si !... C'est toi qui me l'as envoyé ?

Elle avait toujours eu peur de ce regard dur qu'il avait de temps en temps, même dans les premiers temps qu'ils se connaissaient, alors qu'à d'autres moments il savait se montrer si tendre, si câlin, si enfant.

— Je te jure que non... Il a pris la clef dans mon sac pendant que... Qu'est-ce qu'il t'a dit ?

Elle lui avait déclaré une fois :

— Un jour que tu seras en colère, tu es capable de me tuer...

C'était vrai. Il avait une façon effrayante de se raidir, de devenir comme imperméable à tout sentiment humain. Il la regardait toujours. Il ne la croyait pas.

— Avoue !

— Quoi ?

— Que tu lui as parlé... Qu'il est monté avec l'idée de me jeter dehors...

Il en frémissait encore. Il avait dû avoir une peur horrible. Mais l'instant d'après, déjà, sa lèvre se retroussait.

— Comme tu vois, je ne suis pas parti... Je l'ai eu !...

— Que veux-tu dire, Stan ?

— Qu'il n'oserait plus me mettre à la porte... Je lui ai raconté...

Qu'avait-il raconté ? Il mentait ! Il avait joué une fois de plus une scène humiliante. Il avait tout essayé pour vaincre son interlocuteur. Dans ces moments-là, il inventait n'importe quoi, au point qu'après il ne s'y retrouvait plus lui-même. N'avait-il pas parlé d'une haine politique qui le poursuivait, de documents qu'il détenait, de son père qui était en prison, à Wilno, et qui serait exécuté si on mettait la main sur ces documents ?

Parlant à un homme d'un certain âge, il l'apitoyait sur un homme du même âge, de la même classe intellectuelle.

— Je vous jure, docteur, que vous ne risquez rien, que dans quelques jours, quand un événement que j'attends se sera produit, je partirai sans crainte…

Nouchi ne savait pas ce qu'il avait inventé mais elle savait qu'il avait inventé quelque chose et qu'il avait remporté la victoire. Quand il était inspiré, en possession de ses moyens, il était irrésistible et faisait croire aux gens tout ce qu'il voulait, jouant à sa guise de leurs sentiments.

Cynique, à présent, il répétait :

— Je l'ai eu !

Il n'ajoutait pas que le docteur Storm s'était surtout laissé fléchir à cause de Nouchi, plus encore à cause du père de Nouchi qui avait été un de ses meilleurs amis.

— Tu ne m'as pas apporté les journaux ? protestait Stan. Rien non plus à manger ?

— Je vais y aller…

— Fais attention de ne pas trop parler… Tu pourrais ne pas dire comme moi…

Il se tourna vers la fenêtre. Il n'aimait pas le regard que Nouchi avait depuis quelques jours. Auparavant, elle était plus passive, elle donnait l'impression d'avoir accepté son sort une fois pour toutes et de prendre Stan tel qu'il était.

Désormais, elle le jugeait. Ou plutôt elle cherchait en lui une explication qu'elle ne trouvait pas. Il avait changé, c'était incontestable. Certes, aux heures difficiles surtout, il avait toujours été tendu, hargneux, parfois menaçant.

Mais depuis la nuit des Halles, depuis qu'elle l'avait revu ensuite, il s'était glissé dans sa physionomie quelque chose de sournois. Non seulement il avait peur, mais il semblait avoir honte. Il n'était pas en paix avec lui-même.

La veille elle avait osé lui demander :

— Qu'est-ce que tu as fait, Stan ? Avoue-le moi…

Il était devenu furieux.

— Je ne te l'ai pas dit, non ? Tu ne me crois plus ?

Est-ce qu'elle l'avait jamais cru ? Il lui avait toujours menti. Mais jadis ce n'était pas aussi grave. Il mentait pour mentir, pour se donner un rôle, tandis que maintenant il mentait pour cacher quelque chose.

— Je vais chercher les journaux…

Elle descendit. Mme Storm était toujours dans la chambre où Potsi faisait le lit.

— Vous permettez que j'aille prendre l'air un quart d'heure, madame ?

La pauvre Mme Storm était comme perdue. Elle se demandait si elle ne devait pas avertir son mari, lui demander conseil. L'intention de Nouchi n'était-elle pas de les quitter définitivement ?

— Je reviens tout de suite…

La rue était vide. Elle changea de trottoir pour apercevoir le visage de Stan à la fenêtre de la mansarde. Au coin, elle tressaillit en voyant un homme qui fumait sa pipe, les mains dans les poches d'un lourd pardessus.

Elle avait l'impression de l'avoir déjà vu. Potsi devait avoir raison : quelqu'un épiait Stan. Elle était presque sûre que cet homme la connaissait, qu'il ne la regardait pas comme on regarde une passante quelconque. Il savait qui elle était, où elle allait.

Elle dut surmonter une envie soudaine de se camper devant lui, d'exiger la vérité. La question qu'elle avait au bout des lèvres était :

— Qu'a-t-il fait ?

Car cet homme n'était pas un Polonais, un des compagnons de Frida Stavitskaïa. C'était un Français cent pour cent et probablement un inspecteur de police. Il la suivait des yeux. Dans la rue voisine, elle entra chez la marchande de journaux, puis dans une charcuterie. Quand elle en sortit, l'homme s'était avancé de quelques pas pour voir ce qu'elle faisait. Une fois de plus, elle passa devant lui, à le frôler. Elle n'osa pas davantage.

Elle monta très vite les sept étages. Stan, qui la guettait, ouvrit la porte, saisit le journal, le parcourut rapidement et gronda :

— Rien !

Il n'eut pas un coup d'œil aux victuailles. Il alla se camper devant la fenêtre et ses narines se pinçaient, l'attente devenait douloureuse, affolante.

Il valait mieux le laisser. Nouchi se retira, retrouva le calme feutré du salon, le mol sourire de Mme Storm, les lettres de médecins qu'elle ne pouvait pas lire toutes car il y en avait dans des langues qu'elle ne connaissait pas.

Il était une heure quand Potsi vint annoncer :

— Monsieur demande Madame dans son cabinet.

Elle s'y précipita littéralement. Nouchi resta seule et perçut un long monologue indistinct, continu, qui dura plus d'un quart d'heure.

Quand la porte s'ouvrit à nouveau, c'était encore Potsi qui disait :

— Mademoiselle est servie.

Et elle trouva les Storm à table. Mme Storm s'efforçait d'être gaie. Lui mangeait avec application en pensant à autre chose.

Ce n'est qu'une fois le repas fini, le café bu, qu'il se leva, murmura négligemment comme si une idée lui passait par la tête :

— Vous voulez venir un instant, Nouchi ? J'ai des papiers à vous remettre.

Il referma la porte, resta debout tout près d'elle. Peut-être fut-il sur le point de lui poser les deux mains sur les épaules, mais il ne le fit pas.

— Écoutez, ma petite Nouchi… Vous savez, n'est-ce pas, que ma femme souffre d'une maladie de cœur… Il faut lui éviter les émotions… Je ne pouvais pas laisser la fille d'un ami dans la rue… Je ne monterai plus là-haut… Je n'y suis jamais monté, vous comprenez ? Dans quelques jours, dès que ce sera possible…

Il répéta :

— … *dès que ce sera possible*, je vous remettrai un peu d'argent, pas beaucoup, car nous ne sommes pas riches… Je crois que vous m'avez annoncé votre intention d'aller à Bruxelles… Qu'avez-vous ?…. Surtout, je vous défends de pleurer !… J'ai horreur des larmes… Maintenant, je suis obligé de sortir.

Ce fut tout. Elle le vit, malgré le temps doux et pluvieux, revêtir sa pelisse qui datait du temps de Vienne ou de Munich. Elle se moucha et alla dans la chambre s'installer devant ses papiers.

— Je dois aller choisir du satin dans les grands magasins… Vous viendrez avec moi, Nouchi ?

Ainsi fut-ce une étrange journée de vie en sourdine.

M. Storm, qui disposait seulement d'une demi-heure avant ses consultations de l'après-midi, n'était pas allé loin. Il était tout près, dans la rue même et dans la rue voisine. Il voulait s'assurer que Stan était vraiment traqué et il remarqua, lui aussi, l'homme en faction près du bec de gaz. Pour être sûr qu'il ne se trompait pas, il laissa passer le moment de sa consultation, repassa près d'une heure plus tard et l'homme était toujours là, parcourant un journal sous la pluie fine qui tombait.

C'était très ennuyeux. Il n'avait pas l'air d'un étranger, encore moins d'un conspirateur politique. M. Storm alla jusqu'à lui demander du feu et l'autre lui tendit son briquet.

Pourquoi ne pas se rendre directement à la Préfecture de Police et déclarer :

— Je suis le docteur Storm. Mes papiers sont en règle. Vous me connaissez. J'ai accueilli la fille d'un ami et j'ai trouvé dans sa chambre un jeune homme que des ennemis semblent poursuivre…

Il ne le fit pas. Il ne raisonna pas. Il ne le fit pas, simplement parce que l'impulsion lui manquait. Comme il approchait de sa maison, Mme Storm, en manteau d'astrakan, et Nouchi en imperméable en sortaient, montaient dans un taxi, car Mme Storm marchait avec peine et n'aurait pu supporter la bousculade des autobus ou du métro.

— Je ne peux rien dire de précis. Ce n'est qu'une impression… Depuis ce matin, il me semble que ça bouge…

Le commissaire Lognon sourit, parce que l'inspecteur Leroy était de mauvaise humeur. Ce n'était pas tant à cause de la « planque » de plusieurs heures qu'il venait de subir sous la pluie qu'à cause du genre de cette « planque », dans un quartier bourgeois, où il n'y avait aucun bistrot à proximité de la maison à surveiller.

— Qu'est-ce qui bouge, vieux ?

— Tout et rien… Je vous répète que c'est vague… Un peu comme quand on sent qu'on va être malade, mais qu'on ne sait rien de précis… Je me doutais que la boniche, qui ne comprend pas un mot de français et qui n'ose pas aller plus loin que la rue voisine, m'avait repéré… Elle a dû repérer Janvier aussi, quand c'était son tour… Ou alors, peut-être qu'elle a cru qu'on était là pour elle ?…. Elle attache encore ses bas autour des cuisses avec de la ficelle…

— Comment le savez-vous ?

— Quand elle lavait ses fenêtres… Qu'est-ce que je disais ?…. Ce matin, ça a été le tour de l'autre,

Nouchi, qui, entre parenthèses, avait un teint de papier mâché… Elle m'a regardé par deux fois… La seconde fois, j'ai cru qu'elle allait m'adresser la parole et j'étais déjà embarrassé… Enfin, alors que je venais de déjeuner par cœur, puisque Janvier n'est venu me relayer qu'avec deux heures de retard, le docteur lui-même s'est mis à tourner autour de moi et m'a demandé du feu…

— Personne d'autre n'a rôdé dans le quartier ?

— Personne… Les deux femmes sont parties en taxi… Janvier est là… Toujours sa veine : il ne pleut plus… Je peux aller ?

Sur le bureau, l'abat-jour était vert. On venait d'allumer. Les rideaux n'étaient pas encore fermés et on apercevait des maisons éclairées de l'autre côté de la Seine.

Dans le clair-obscur de la pièce, d'autres inspecteurs attendaient leur tour. Le commissaire jouait avec un porte-mine et faisait parfois un petit dessin sur le papier qui était devant lui.

Certains étaient en pardessus et rentraient de mission, comme Leroy, ou se disposaient à partir. Il faisait chaud. On entendait cliqueter une machine à écrire derrière la cloison.

— Et vous, Julien ?

— Toujours le même travail. Il reste des heures et des heures couché dans la cabane, entouré des mioches. Il ne la quitte que pour aller au bistrot où il ne parle à personne… Froidement, comme si c'était de l'eau, il avale ses deux litres de vin rouge, puis il retourne se coucher sans tituber…

Il s'agissait d'Yvan, l'ours velu, qui s'était installé chez des compatriotes de la « zone », à Saint-Ouen.

Tout s'était passé simplement, correctement, selon les règles. Contrairement à ce que Stan avait supposé, l'inspecteur Mizeri ne s'était pas donné la peine de le faire suivre quand il l'avait quitté à la porte du marchand de vins de la rue des Petits-Champs. Il savait que Stan, pour surveiller « ses cinq mille francs », irait rôder rue de Birague, ou qu'il s'adresserait à nouveau à la police.

L'inspecteur s'était contenté, puisque l'affaire n'était pas de son ressort, de transmettre un rapport à la Police Judiciaire. Là, le commissaire Lognon ne s'était pas emballé.

— C'est peut-être vrai. C'est peut-être aussi une sale vengeance du gamin…

Pour le commissaire, tous les hommes en dessous de trente ans étaient des gamins.

Il n'y avait rien, aux sommiers, sur les Polonais. C'était inutile de les interroger. D'autre part, si on se contentait de les surveiller, on risquait d'immobiliser des hommes pendant longtemps.

Mieux valait provoquer une petite fièvre chez ceux de la rue de Birague, afin de les faire remuer. C'est pourquoi Frida avait reçu une lettre anonyme au sujet de Stan.

— On verra bien ce qui va se passer…

On avait vu Stan acheter une hache au Bazar de l'Hôtel de Ville, surveillé de près par le barbu et par Kellermann. Stan avait un peu dérangé le plan en se raccrochant à l'inspecteur Lucas chez le marchand d'articles d'hygiène de la rue des Francs-Bourgeois.

À tout prendre, cela n'avait pas changé grand-chose. L'intention de la Stavitskaïa, en envoyant Stan se promener suivi de deux de ses Polonais, n'était-elle pas d'écarter momentanément la police de la rue de Birague ?

S'il en était ainsi, elle s'était trompée. Dès qu'elle était sortie, quelques minutes après Stan, elle avait été prise en filature. Elle avait eu beau entrer dans les boutiques, multiplier les achats anodins, Janvier ne l'avait pas lâchée jusqu'au moment où elle s'était installée dans un meublé de la rue de la Roquette.

— Elle y est toujours ? questionna le commissaire en traçant un petit cercle qui ne voulait rien dire à côté du nom de Frida.

— Elle doit commencer à avoir la gale aux dents… Hier, elle a acheté un cervelas, aujourd'hui matin, deux croissants, et elle n'est pas allée boire son café… Elle est sûrement au bout de son rouleau… Personne n'est venu… Je ne sais pas s'ils parviennent à communiquer entre eux, mais s'ils y parviennent, ils sont bougrement forts…

— Kellermann ? questionna Lognon.

Un autre inspecteur s'avança d'un pas. Il était en pardessus.

— Il a tenté de se faire embaucher ce matin dans une usine de Puteaux… On n'en a pas voulu… Quand il est sorti, il m'a lancé un de ces coups d'œil !… Je suis persuadé que c'est le plus terrible, malgré ses yeux de femme… Toute la journée, il a marché… Il est passé rue de la Roquette sans s'arrêter… Je me suis demandé s'il n'y avait pas de signal à la fenêtre de sa patronne, mais je n'ai rien remarqué… Ce soir, il en était à ramasser des bouts de cigarette dans le mouillé…

— Et Josef Sibirski ?

— Il a couché cette nuit à bord de la péniche de l'Armée du Salut. Il lui pousse une barbe blonde qui le fait ressembler à un Christ…

— Le Baron ?

— Habite toujours son hôtel de la rue Fontaine. Je ne sais pas où il trouve l'argent, mais il a encore joué cinq francs au P.M.U. dans un bar de la rue de Douai…

La pendule de marbre noir, sur la cheminée, était arrêtée, peut-être depuis le Second Empire, peut-être depuis Louis-Philippe. Dans la lumière verdâtre, ils étaient là six Français, cinq debout, un seul assis, qui réfléchissaient sans se presser ou qui attendaient.

Le commissaire traçait toujours des ronds, des carrés, des lignes enchevêtrées sur son papier.

— Ils attendent sûrement quelque chose. Mais quoi ? murmura-t-il sans lever la tête.

— De crever de faim ! grommela Leroy qui n'avait pas encore retiré son pardessus mouillé.

On sourit encore de sa mauvaise humeur. Il n'était pas grand. Il ne payait pas de mine. À première vue, il donnait l'impression d'un bonhomme banal et cependant, de tous ceux qui étaient présents, c'était le plus enragé pour les arrestations à l'esbroufe.

Sous son pardessus de confection, il y avait les muscles d'un ancien moniteur de Joinville. Sa plus grande joie était de suivre un type comme le colosse Yvan, d'attendre son heure, de lui sauter dessus par derrière et de lui passer les menottes avant que l'autre ait pu seulement comprendre ce qui lui arrivait.

— Tant qu'on n'en arrête pas un !...

Il y avait plusieurs jours qu'on envisageait cette solution : en arrêter un, celui qu'on jugerait le plus impressionnable, et le questionner aussi longtemps que ce serait nécessaire pour obtenir des aveux.

Seulement, si ça ratait, ce seraient des complications à n'en plus finir et on avait toutes les chances de ne jamais faire condamner la bande.

— Pourquoi ne donne-t-on pas ses cinq mille francs au petit ? On en serait quitte pour les lui reprendre quand il serait dans le bain...

Parce que son témoignage n'aurait aucun poids auprès des jurés, parce qu'il n'apportait aucune preuve !

Sur six points différents de Paris, d'autres inspecteurs continuaient à épier les Josef Sibirski, les Frida, les Stan, Yvan, le Baron, Kellermann. La lampe à abat-jour vert projetait toute sa lumière sur le papier couvert de fioritures.

— Qu'est-ce qu'on fait, chef ?

Et lui, après un silence, de soupirer :

— Que voulez-vous qu'on fasse, mes enfants ? On continue...

Peut-être, dans quelque ferme du Nord, un couple de vieux vivait-il ses dernières nuits paisibles avant l'irruption de la bande et le hideux carnage à coups de hache ?

Frida avait faim. Elle avait la gale aux dents, selon le mot de l'inspecteur, et c'était déjà ça de gagné. Quand ils seraient tout au bout de leur rouleau, il leur faudrait faire quelque chose ! Est-ce qu'ils pensaient à l'oie fumée dont on avait retrouvé les os dans la chambre, et aux bouteilles de mousseux qu'ils s'étaient amusés à casser avant de partir ?

Stan était étendu, tout raide sur son lit, à l'extrême pointe de la nervosité. Il n'avait pas allumé. Il pouvait voir de la lumière en face, à gauche de chez le valet de chambre (ou le chauffeur) et une femme d'un certain âge cousait sous la lampe.

Il avait mal aux nerfs. Il avait bu toute la bouteille de vin que Nouchi lui avait apportée à midi. Il n'y avait plus rien à boire ni à manger. Il avait tout dévoré aussi, sans appétit, pour tuer le temps… Et il entendait des bruits anonymes, des portes qui se fermaient, des pas dans l'escalier de service, des bonnes qui venaient se changer ou mettre de l'ordre chez elles, une discussion à voix basse, entre deux cuisinières, au fond du couloir.

Nouchi ne revenait pas. Il ne savait pas où elle était. Il ne pouvait la voir, dans le grand magasin à lumière dorée, tâtant des satins que lui passait l'hésitante Mme Storm.

— Que pensez-vous de celui-ci, Nouchi ?

Et ces milliers, ces dizaines de milliers d'autos qui cornaient, s'arrêtaient, repartaient, cherchaient un havre au bord du trottoir, ces autobus gonflés de gens impassibles qui ne regardaient rien, ces magasins, ces ascenseurs qui montaient et descendaient, ces silhouettes dans la brouillasse des trottoirs…

Deux étages en dessous de lui des gens, dans un fauteuil à bascule qui leur serrait la nuque, ouvraient la bouche toute grande, ou bien M. Storm, une petite lampe au milieu du front, leur inspectait l'intérieur des oreilles.

— Merci, docteur… Qu'est-ce que je vous dois ?….

Au suivant ! Potsi qui les reconduisait. Storm qui entrouvrait la porte du salon et qui comptait combien il en restait à passer.

L'étage en dessous, un ménage qui avait quatre ou cinq enfants, une nurse, une voiture d'enfant dans le hall du rez-de-chaussée…

Si l'inspecteur Mizeri lui avait honnêtement donné les cinq mille francs au lieu de jouer au plus fin avec lui ! Mais il l'avait toujours dit à Nouchi : les Français sont avares ! Pourquoi n'y avait-il pas l'eau courante dans les chambres de bonnes, alors qu'elle était installée dans le reste de la maison ? Et pas de radiateurs !

Si bien qu'il était couché avec son pardessus !

Il les haïssait !

Qui ? Tous ! Il ne faisait pas de distinction. « *Ils* » ! Et Storm aussi, qui avait tenu à spécifier, avec sa mine d'honnête homme, d'homme intègre et scrupuleux, qu'il ne gardait pas Stan à cause de lui-même mais à cause de Nouchi et du père Kersten !

Elle arriverait encore en retard ! On la retiendrait en bas, pour rien, pour s'amuser à parler ! Il serait neuf heures du soir quand elle lui monterait enfin les journaux de l'après-midi ! Si elle n'avait pas oublié ! Si elle avait trouvé le moyen de sortir et de traverser la rue ! Si Mme Storm, qu'il n'avait jamais vue mais qu'on lui avait décrite, ne demandait pas à Nouchi de l'aider dans quelque insipide travail de couture !

Car des gens cousaient, comme ça, pour le plaisir !

Et rien ne serait changé pour eux, ni pour personne, si Stan se décidait à sortir et si on l'abattait comme une bête au coin de la rue !

Peut-être même Nouchi en serait-elle soulagée ?

Est-ce qu'elle ne prenait pas déjà des airs d'enfant de la maison, de « protégée » ?

Après, Storm pourrait monter sans crainte, le lorgnon tremblotant, les yeux luisants derrière les verres ! Et, sans faire de bruit, à cause des bonnes des chambres voisines…

Ce ne serait en tout cas pas Nouchi qui le trahirait par ses râles !

3

— Tu vois ça d'ici, ma vieille ! C'était plein, comme tous les samedis. À peine on commence la java, que Maurice se lève et file vers eux comme pour inviter une danseuse. René était déjà debout avec elle. Il a dû le voir arriver. Il n'a pas osé se dégonfler et il a pris Germaine par la taille.

» — Pardon ! que lui a simplement fait Maurice en rabattant son bras d'un coup sec.

» Vu que c'est à elle qu'il en avait !

» — Je ne peux pas te forcer à danser si tu n'aimes pas ça. Mais, du moment que tu ne danses pas avec moi, tu ne danseras avec personne…

» — Dansons, René ! qu'elle a dit au petit blond, avec son air que tu connais.

» Et, comme René lui reprenait la taille, il reçoit le poing de Maurice au beau milieu de la figure, en plein nez, avant d'avoir su d'où ça lui venait.

» — Brute ! qu'a crié Germaine…

Est-ce que Stan n'allait pas frapper contre le mur, supplier les deux femmes de se taire ? Il se tenait le front à deux mains, à deux poings plutôt, et les mots coulaient toujours, dans la chambre voisine. La veille, le débit était plus haché, entrecoupé de silence, sans doute parce que la plus jeune des deux femmes, qui essayait une robe à l'autre, avait des épingles entre les lèvres.

— Qu'est-ce que tu aurais fait à sa place ? Moi, je lui aurais dit…

Il ne savait pas à quel étage elles étaient domestiques, ni quelle était leur spécialité : vraisemblablement une cuisinière et une femme de chambre. Elles disposaient de deux mansardes, mais jusqu'à des minuit elles restaient dans la même, à causer, quand l'une d'elles ne lisait pas à voix haute des pages de roman ou des journaux de cinéma.

Stan n'avait pas allumé la lampe. Il le faisait exprès. Quand il était crispé, il voulait l'être tout à fait, et rien ne le crispait comme cette lune ronde, énorme, luisante, juste au-dessus du toit d'en face dont l'humidité séchait par plaques.

Il attendait. Il savait quoi. Il pensait. Il épiait. Il était sur le point de prendre une décision. Il était tendu. Et ces deux femmes, surtout la jeune qu'il avait vue par la serrure, vue jusqu'à la ceinture seulement, et qui avait un petit derrière joufflu de gamine…

— Moi, à la place de René, qui n'est pas n'importe qui, j'aurais…

Il ne saurait jamais ce que la boniche aurait fait à la place de René, car il s'était levé. Il avait entendu. À force de passer des heures à écouter les bruits, il en arrivait à reconnaître le pas de Nouchi dès qu'elle s'engageait dans l'escalier de service.

Il fit deux pas sur la pointe des pieds et alla se coller tout contre le mur, derrière la porte. Nouchi approchait. Elle marchait vite. C'était toujours la même chose : à mesure qu'elle était plus près, elle ralentissait le pas, parfois elle marquait un temps d'arrêt involontaire.

Il le savait aussi ! Qu'est-ce qu'il ne savait pas ? Ses narines se pinçaient un peu, pas trop, ses lèvres, dans l'obscurité, esquissaient un sourire amer.

Elle cherchait la clef dans son sac, puisqu'il était enfermé ! Elle tournait le bouton ! Puis, aussitôt, surprise par l'obscurité, par le rayon de lune qui n'éclairait qu'un rectangle de la tapisserie, elle cherchait le commutateur électrique.

Qu'est-ce qu'elle pensait ? Qu'il était parvenu à s'enfuir ? Par où ? Son souffle devenait plus court. Elle regardait autour d'elle. Elle dut sentir sa vie. Elle se tourna vers lui, questionna :

— Qu'est-ce que tu as ?

— J'ai voulu te faire peur.

Il ne pensait pas à ce qu'il disait. Il était préoccupé. Il était sûr que, quand Nouchi l'avait découvert derrière la porte, elle l'avait regardé avec une indifférence totale.

— Donne !… fit-il du bout des lèvres.

— Je ne l'ai pas.

— Comment ?

— Je n'ai pas pu m'approcher du bureau de toute la journée…

Elle ne s'en excusait pas. Elle n'avait pas peur. Avec des gestes de tous les jours, elle faisait tomber le store que barrait une ligne de poussière, puis elle passait sa robe noire par-dessus sa tête et, d'une secousse de chaque pied, se débarrassait de ses souliers.

Elle mentait, bien sûr ! Elle avait certainement eu l'occasion de prendre le revolver, mais elle ne l'avait pas voulu. S'il avait été renseigné, à midi, c'était par surprise.

— Est-ce que Storm a un revolver ? lui avait-il demandé à brûle-pourpoint.

— Oui… C'est-à-dire que je crois…

— Tu as dit oui !

— Il me semble en avoir vu un dans le tiroir du bureau…

— Il faut que tu le prennes, que tu me l'apportes… On ne sait jamais ce qui peut arriver…

Or, elle n'avait pas été effrayée, alors que l'idée lui était évidemment venue qu'il pourrait vouloir se suicider.

Non ! Elle ne le croyait pas ! Il le sentait ! Elle ne le regardait plus comme avant.

— Ne parle pas si fort…

Un instant les deux femmes s'étaient tues, à côté, pour écouter. Si elles allaient raconter dans tout le quartier qu'un homme et une femme parlaient allemand, le soir…

— Tu le prendras demain ?

Elle promit sans promettre.

— J'essayerai.

— Qu'est-ce que vous avez mangé, ce soir ?

— Des escalopes panées.

— Et avant ?

— Je ne sais plus… Des œufs…

— Et après ?

— Une tranche d'ananas en conserve… Tu ne t'es pas rasé ?

— Non !

C'était mauvais signe. Elle lui avait acheté un rasoir, du savon, un blaireau. Elle savait que, quand il ne se rasait pas, quand il avait plaisir à sentir ses joues rugueuses, à garder ses ongles noirs, c'est qu'il était plus agité que jamais par ses pensées mauvaises.

Il le savait aussi. Mieux qu'elle ! Il savait même quand c'était la limite extrême pour se retenir. Il aurait pu essayer, faire n'importe quoi, mais c'était justement à ce moment-là qu'il était le plus enragé.

— Qu'est-ce qu'ils disent ?

— Rien… Tu ne te couches pas ?…. On n'a pas parlé de toi…

Elle était lasse. Quand il avait surpris le ralentissement de son pas dans le corridor, il ne s'était pas trompé. Elle avait réellement hésité. Elle avait eu presque peur. Subissait-elle, elle aussi, l'influence de la lune qu'on devinait encore derrière le store ?

Des heures et des heures elle vivait dans l'atmosphère douce de la chambre, avec la douce Mme Storm qu'elle sentait inquiète et qui n'osait pas l'avouer.

Puis, d'une minute à l'autre, elle se trouvait enfermée dans cette pièce, face à face avec un Stan de plus en plus exalté.

— Tu es allée voir au coin ? Il y est ?

— Oui.

— Écoute, Nouchi…

— Écouter quoi ?

Elle se couchait, de mauvais cœur. Lui restait debout, tout habillé.

— Il y aurait un moyen… Combien peut-il y avoir d'argent chez les Storm ?…. Il doit toucher ses honoraires au fur et à mesure… Mettons quelques milliers de francs… Nous les prenons… Toi, tu cherches le revolver… Tu marches devant et, une fois devant le type qui est habitué à toi, tu le descends d'une balle… Les rues sont désertes… Nous avons le temps de fuir, de courir à une gare, de prendre un train…

— Non.

Elle ne s'indignait plus. Elle lui disait non, comme ça, crûment, et ce non coupait court à toute discussion. Il en restait désemparé, cherchait à se raccrocher à une autre idée et il trouvait, car il n'était jamais à court de sujets d'inquiétude.

Il alla prendre le sac de Nouchi et, bien que ce sac fût très petit, il s'assura qu'il ne contenait pas le revolver. Il fouilla aussi les poches de la gabardine. Toujours couchée, elle le regardait faire avec indifférence.

— Tu es bien avancé, maintenant !

Avait-il vraiment cru que Nouchi était capable de le tuer pour se débarrasser de lui ? Il ne savait plus. Il fallait un exutoire à l'angoisse qui le poignait au point de lui couper la respiration.

— Écoute-moi, Nouchi… Il y a une chose que tu ne sais pas, que je ne t'ai jamais dite…

Il jouait mal la scène. Avant, c'était plus facile, parce que Nouchi y croyait ; maintenant, elle se contentait d'attendre avec ennui.

— … Quand je t'ai laissée, sans un sou, dans ce café de la rue Montmartre…

— Tu m'as déjà raconté l'histoire du taxi !

— Mais après ? Sais-tu ce que j'ai fait après, pour t'apporter de l'argent coûte que coûte dans cet hôtel où je t'avais dit de m'attendre ?

— Couche-toi !

— Tu as peur de le savoir, n'est-ce pas ? Eh bien ! j'ai téléphoné à la police, à l'inspecteur Mizeri, qui m'a reconduit une fois à la frontière… Je lui ai dit…

Ses narines se pinçaient, se pinçaient, mais ce n'était pas tout à fait naturel et elle s'en apercevait.

— … Est-ce qu'il me fallait de l'argent ?…. J'ai vendu la bande de Frida… Tu comprends, maintenant ?…. Frida le sait, les autres le savent…

Elle répéta en soupirant :

— Couche-toi !

Qu'importait ce qu'il avait fait ? Il était là !

— Tu me détestes ? Tu veux que j'aille me faire tuer ? Tu veux que je me tue moi-même pour te permettre de vivre tranquille ici entre ta Mme Storm et son mari ?

— J'ai sommeil, Stan…

Il passa par-dessus elle, se coucha tout habillé, collé au mur. La scène avait fait long feu. Il n'était pas parvenu à émouvoir. Nouchi tendait le bras pour éteindre la lumière.

— Bonsoir…

Il tressaillit en pensant soudain qu'elle avait peut-être son plan, que tout était peut-être arrangé entre eux, en bas. Comment feraient-ils pour se débarrasser de lui ?

— Un bon conseil, ma fille : quand un homme te dit ça, tourne les talons. C'est un moins que rien…

Toujours les deux bonnes, de l'autre côté du mur, débitant leurs petites histoires avec satisfaction, avec gourmandise, comme on mange des sucreries, comme on se gave de gâteaux. Elles ne cesseraient qu'une fois abruties de sommeil.

Ils ne dormaient ni l'un, ni l'autre. Stan pensait au revolver et se demandait comment l'utiliser. Les yeux fermés, c'était facile d'échafauder des projets, de les rejeter, d'en envisager d'autres toujours plus terribles, plus compliqués et difficiles.

À côté de lui, Nouchi fixait l'obscurité de la chambre où les rayons de lune s'infiltraient à travers le store écru.

Avant, elle avait toujours eu pitié. C'était même davantage que de la pitié. Elle croyait en Stan. Son père, si amer et si cruel envers tous, n'avait-il pas déclaré :

— Ce garçon-là ira loin !… À moins qu'il s'arrête en chemin sur une chaise électrique…

C'était en Amérique. Nouchi n'aimait pas l'Amérique, car elle n'avait jamais pu parler l'anglais correctement.

Est-ce pour cette raison qu'elle avait suivi Stan en Europe ? N'était-ce pas plutôt parce que son destin était de suivre un homme, n'importe lequel, puis peut-être d'en suivre un autre, et un autre encore ?

Sa sœur savait ce qu'elle voulait : gagner assez d'argent pour s'acheter une maison de campagne et avoir des enfants.

Pour Nouchi, c'était plus vague et son rêve, si elle en avait un, était de s'asseoir, vers cinq heures de l'après-midi, bien habillée, finement chaussée, dans un salon de thé plein de musique et de parfums… Mais pas à New York !

Mme Storm aurait pu vivre ainsi, si elle l'avait voulu, si elle avait été moins grosse, si elle s'était transportée plus aisément.

Nouchi elle-même, en restant chez les Storm… Le docteur aimait bien sa femme, était capable de beaucoup de choses pour ne pas lui faire de peine.

Ce n'en était pas moins un passionné. Nouchi l'avait vu tout de suite à ses yeux. Ils étaient, derrière les lunettes, l'équivalent des narines de Stan quand elles se pinçaient. Chez Storm, c'était tout à coup une fixité des prunelles, un éclat plus vif… Et encore cette chaleur, ce fluide que dégageait sa main quand il la posait sur l'épaule de Nouchi…

Dix fois, vingt fois par jour… Il se penchait sur elle… Il disait :

— Ma petite Nouchi…

Il s'arrêtait net. Nouchi était persuadée que, si elle ne disait rien, Mme Storm s'en apercevait néanmoins. D'autre part, elle était sûre que, sans Stan, cela se serait arrangé sans heurt et que Mme Storm, au fond d'elle-même, n'aurait pas été fâchée de cette solution.

Nouchi serait devenue à la fois secrétaire et demoiselle de compagnie. On l'aurait habillée gentiment et le vieux ménage s'en serait trouvé rajeuni. Pour le reste, Mme Storm aurait fermé les yeux. Elle savait qu'elle n'était plus bonne pour l'amour et que Helmut, d'une façon ou d'une autre, était obligé de la tromper.

Stan s'agitait. C'était éreintant de dormir avec lui, car il ne cessait de se retourner et, quand il dormait enfin, mal d'aplomb, on était obsédé par sa respiration oppressée.

Ce soir, il n'essayait pas de s'assoupir. Il pensait de son côté. Chacun pensait. Chacun n'essayait-il pas de deviner les pensées de l'autre ?

L'idée du revolver devait le travailler, car il en était toujours ainsi avec lui. Pendant une semaine, n'avait-il pas parlé au moins dix fois par jour de ses fameux « cinq mille francs » ? Depuis midi, c'était le tour du revolver. Il savait où en trouver un. Il n'était pas encore fixé sur le parti qu'il pouvait en tirer.

— Où vas-tu ? s'étonna-t-il.

Elle s'était levée pour retirer la clef qu'elle avait laissée dans la serrure et qu'elle glissa sous son oreiller.

— Qu'est-ce que tu fais ?

— Rien.

— Tu as peur que je me sauve ? ricana-t-il, devinant ses gestes dans l'obscurité.

Il était onze heures. Dans une vaste salle qu'encombraient des standards téléphoniques, deux hommes en blouse grise cassaient la croûte et un troisième avait le casque d'écoute sur la tête.

Un vaste plan de Paris occupait tout un mur et sur ce plan, une petite pastille électrique s'allumait parfois. Presque aussitôt, un des nombreux points rouges du standard brillait à son tour.

— Allô !… Votre car vient de sortir ?

La pastille éclairée annonçait qu'un car bourré d'agents venait de quitter en hâte le poste de police de la rue des Abbesses.

Au poste, où du café chauffait sur un gros poêle, le brigadier répondait :

— Appel de Saint-Ouen… Une bagarre entre Polonais, dans la zone…

L'homme au casque téléphonique se retourna vers ses collègues qui mangeaient.

— Dites donc, vous autres ! Est-ce qu'il n'y a pas une note de la P.J. au sujet de Saint-Ouen ?

L'un des deux se leva, feuilleta les notes de service accrochées à un clou.

— Tu as raison… Jusqu'à minuit, avertir le commissaire Lognon à son bureau… Après minuit, lui téléphoner chez lui, à Marcadet 18-23...

— Allô !… La P.J. ?…. Le commissaire Lognon, s'il vous plaît ?…. Ici le central de Police-Secours… Le car de la rue des Abbesses vient de partir pour la porte de Saint-Ouen où une bagarre entre Polonais a éclaté…

Le commissaire endossa son pardessus, éteignit sa lampe à abat-jour vert, descendit l'escalier et traversa la cour dont quelques pavés étaient encore mouillés. Son taxi suivit les boulevards illuminés de Montmartre, s'enfonça dans des rues noires, s'arrêta bientôt devant le bistrot où l'inspecteur Janvier, qui surveillait ce soir-là Yvan, se tenait en permanence. L'inspecteur n'y était pas. Un car de police stationnait un peu plus loin, dans l'ombre. Des uniformes remuaient.

— Commissaire Lognon… Qu'est-ce que c'est ?

— Un coup de couteau, par là…

Les ruelles, entre les baraques, n'étaient pas éclairées. Dans le noir, on entendait un grouillement, on surprenait des chuchotements.

— C'est vous, patron ?…. Eh ! vous autres ! L'ambulance ?….

— Elle va arriver…

— Que s'est-il passé, Janvier ?

— Je ne sais pas, patron… Ils ne veulent rien dire… La brute a eu soin de renverser la lampc… Venez voir…

Il poussa la porte d'une cabane en planches, promena à l'intérieur le faisceau de sa lampe électrique. Par terre, une lampe à pétrole en verre bleu à filets d'or, une vieille lampe Louis-Philippe que les Polonais avaient ramassée Dieu sait où, s'était brisée et le pétrole s'était répandu.

Une femme se tenait debout, maigre, blafarde, serrant un châle sombre sur sa poitrine et, prise par le rayon électrique, elle regardait devant elle en écarquillant les yeux.

— Elle ne sait pas un mot de français, grogna Janvier.

Le rayon obliqua vers la gauche. Parmi des caisses vides, dans des tas de chiffons, des enfants étaient comme emmêlés. Une gamine pleurait. Un bébé dormait. Un garçon fixait la lumière de ses yeux de chat, comme sa mère.

— Ils sont sept… Je me demande s'ils sont tous à eux… Ils s'en servaient pour mendier sur les marchés…

Braquant enfin sa lampe sur l'autre coin de la pièce, Janvier gronda :

— Ça te fait mal ?

Un homme était assis, maigre et roux, sans veston. Il tenait la main sur sa poitrine et sa chemise ouverte était trempée de sang.

Il ne répondit pas.

— Tu ne comprends pas le français non plus ?

Il y avait des bouteilles, sur la table, un morceau de pain, un reste de fromage. Une chaise était renversée, une chaise à dossier de velours gaufré, dont le siège était dégarni.

— Ils étaient tous ici, comme les autres soirs. Je surveillais de loin la baraque. J'ai entendu du bruit. J'ai vu la lumière qui s'éteignait. Avant que je sois arrivé, un homme sortait en courant et s'engouffrait dans la première ruelle. J'ai d'abord voulu le poursuivre, mais il avait trop d'avance. Je suis revenu sur mes pas et j'ai trouvé celui-ci dans l'état où il est. Le couteau est sur la table. C'est celui avec lequel ils mangeaient…

Un bruit de freins. Des hommes qui s'approchaient.

— Allons ! Lève-toi ! Tu peux marcher ?

Le Polonais blessé les regardait comme une bête, sa main gluante de sang toujours sur sa plaie.

— Ouste !… Debout !…

La femme, sans un mot, sans un geste, les regarda partir. Les enfants ne bougèrent pas. On ne pouvait même pas savoir combien d'yeux étaient tapis dans l'ombre d'alentour.

— Viens ! fit Lognon, préoccupé, en se faufilant entre la bicoque et la voiture d'ambulance.

Une énorme lune était en suspens au-dessus des toits en tôle ondulée ou en carton bitumé.

Dans le taxi qui les conduisait vers la Bastille, le commissaire Lognon s'était contenté de prononcer :

— Je crois qu'ils vont bouger… Ils sont à bout… Leroy m'a téléphoné tout à l'heure qu'il avait aperçu Sibirski rue de la Roquette…

Janvier, qui avait eu un enfant la semaine précédente, souhaitait d'en finir au plus tôt. Depuis quinze jours, ils étaient près de vingt hommes à se relayer derrière les Polonais à travers un Paris qui poursuivait sa vie indifférente, vingt fonctionnaires français, mariés pour la plupart, habitant de petits logements en ville, certains des pavillons en banlieue.

— Tu le vois ?

— Pas encore.

Le commissaire et Janvier suivaient à pied la rue de la Roquette où des ombres se dressaient sur certains seuils. Ils n'avaient fait que jeter un coup d'œil dans la rue de Lappe aux bastringues éclairés en rouge ou en violet.

C'était peut-être là, ou dans un dancing de Montmartre, que s'était déroulée la fameuse scène entre Maurice et René dont se gavaient les deux bonnes ?

Stan ne dormait pas encore. Nouchi non plus. La lampe s'était allumée puis éteinte dans la chambre d'en face et le valet de chambre avait glissé son pantalon bien plié sous son matelas.

Des nuages d'un blanc lumineux montaient insensiblement à l'assaut de la lune et avaient déjà envahi plus d'un tiers du ciel.

— C'est son hôtel ?

— Oui, chef. Elle est peut-être sortie…

Le commissaire Lognon, lui aussi, était nerveux. C'était surtout à base de lassitude, car il y avait trop longtemps que cela durait. Mais il y avait aussi, chez lui, de l'inquiétude.

Avec ces étrangers, sait-on jamais quelles seront les réactions ?

— Ce n'est pas lui, là-bas ?

Un homme pas très grand se hissait sur la pointe des pieds pour voir par-dessus la partie dépolie de la devanture d'un bistrot.

— J'y vais !

Janvier s'éloigna. Les deux hommes se serrèrent la main, revinrent ensemble.

— Elle est là ! annonça Leroy.

— Qu'est-ce qu'elle fait ?

— Rien ! Elle se chauffe.

— Elle n'a rien bu ?

— Je crois que cela lui serait difficile. Elle n'a plus un centime en poche. Elle est entrée et elle s'est plantée devant le poêle. Je ne sais pas ce qu'elle a répondu au patron qui lui a demandé ce qu'elle voulait, mais on l'a laissée tranquille…

Ils restaient tous les trois debout sur le trottoir.

— Sibirski lui a parlé ?

— Non ! Il est passé deux fois devant l'hôtel. Il a une sale tête, lui aussi. Il ne l'a pas vue. Je me demande toujours s'il n'y a pas un signal quelconque à la fenêtre, une certaine façon, par exemple, de tirer le rideau…

Il tendit son briquet allumé au chef qui venait de prendre une cigarette.

— Vous croyez que ce sera pour cette nuit, dites ?

Nouchi avait décidé de ne pas fermer les yeux. Elle y était d'autant plus déterminée que Stan feignait de dormir, s'efforçait d'avoir une respiration régulière, puis soudain retenait son souffle pour écouter si, de son côté, elle dormait.

Alors elle trichait à son tour, respirait à un rythme paisible et de nouvelles minutes s'écoulaient.

Elle le connaissait trop bien, maintenant ! Jadis, elle croyait qu'il lui arrivait d'être en proie à un besoin irrésistible de faire certains gestes, que c'était chez lui une sorte de vertige et qu'à ces moments-là il était inconscient.

Est-ce qu'après il ne redevenait pas doux et gentil ? Est-ce qu'il ne lui demandait pas pardon, quand il avait cassé quelque chose, ou qu'il l'avait battue ?

Il expliquait avec abattement :

— Tu comprends, Nouchi ?…. Je n'ai pas eu de parents, pas de pays, pas d'amis… Je n'ai pas eu de jeunesse… Je n'ai rien eu… Il m'arrive d'être pris d'une frénésie mauvaise et de ne plus m'appartenir…

Ce n'était pas vrai ! Il le faisait exprès ! Il soignait, il cultivait ses fièvres !

Et à cet instant encore, elle ne l'ignorait pas, il se demandait quel mauvais coup il allait faire !

— Tu dors ? souffla-t-il.

Elle ne répondit pas. De son côté, il la connaissait et il la savait désormais capable de tricher.

En supposant qu'il puisse s'emparer du revolver, mettre la main sur l'argent… Et après ?…. Et surtout après *cet après* ?…. Une chose qu'il aimerait faire : tuer l'inspecteur Mizeri.

Celui-ci accepterait-il un nouveau rendez-vous ? Précisément chez le marchand de vins de la rue des Petits-Champs ?

Stan serait là, mangeant de l'andouille, buvant du beaujolais. Il ne se découvrirait pas tout de suite.

— Vous avez apporté *mes* cinq mille francs ?

Et le patron derrière son comptoir, écrivant le menu sur l'ardoise…

— Écoutez, monsieur l'inspecteur. Vous m'avez pris pour un…

Il fallait d'abord tuer l'homme du coin ! Peut-être aussi Nouchi, si elle tentait de le retenir ?

Tuer quelqu'un, en tout cas ! Puis jouer l'inconscience, s'il était pris, afin d'éviter la guillotine. Ou alors prétendre que c'était un crime politique. Qu'est-ce qui valait le mieux ?

Il était sûr qu'elle ne dormait pas et il se prenait à la haïr.

— Ne remue pas comme ça ! dit-il, hargneux.

Est-ce qu'elle remuait ? Qu'importe ! Juste devant lui, de l'autre côté du mur, la cuisinière dormait, car il avait remarqué que, quand les deux femmes se séparaient, c'était la voix jeune qui s'éloignait. Trente centimètres à peine les séparaient. De temps en temps, il entendait craquer un ressort du lit.

Si elle avait travaillé toute sa vie, elle possédait des économies. Certaines de ces vieilles domestiques n'ont pas confiance dans la Caisse d'Épargne et préfèrent cacher leur argent sous leur matelas…

Si Nouchi n'avait pas été là…

Ce qui serait facile, en tout cas, ce serait de se retourner, de la saisir doucement à la gorge et de serrer de toutes ses forces. Deux minutes et demie à trois minutes suffiraient…

— Recule !… gronda-t-il en donnant un coup de reins.

C'était vrai qu'il le faisait exprès. Il aurait pu se calmer, mais il cherchait avec soin les pensées les plus excitantes. Il avait chaud. Il avait mal à la tête. Il lui venait d'impossibles envies de pleurer.

— Que comptez-vous faire, chef ?

— Je ne sais pas.

— Qui est à Passy ?

— Clément…

— Et le Baron ?

— Julien m'a téléphoné qu'il avait gagné quarante francs au P.M.U.

— Attention…

La porte du bistrot s'ouvrait. Frida Stavitskaïa sortait, avec lenteur, avec dignité, refermait la porte, regardait autour d'elle en cherchant l'inspecteur chargé de la surveiller.

Il ne lui fallait pas longtemps pour repérer les trois hommes sur l'autre trottoir.

— Qu'a-t-elle mangé aujourd'hui ? questionna le commissaire, tout bas.

— Rien…

Ils étaient un peu pâles, tous les trois. Ils fumaient, les mains dans les poches.

— Qu'est-ce qu'elle fait ? murmura Janvier.

Elle traversait la rue, s'arrêtait pour éviter une auto et repartait. Elle s'approchait d'eux et il était inutile de jouer au plus fin.

La lumière, à ce moment, était curieuse ; Frida avait une joue éclairée par la lune, une joue froide et dure, l'autre, au contraire, comme amollie par les rayons jaunes d'un réverbère.

Elle n'était plus qu'à trois, à deux mètres. Elle était grande, encore belle. Ils enfonçaient les mains dans leurs poches, par contenance, et mâchaient le bout de leur cigarette.

Ils ne pouvaient pas savoir ce qu'elle leur voulait. Ils attendaient. Et elle, roulant les hanches, s'approchait encore, tout près, le plus près possible, les regardait avec une ironie féroce, désespérée.

On croyait qu'elle allait parler, crier, déclencher un esclandre. Mais non ! Elle riait, d'un petit rire nerveux, méchant, s'arrêtait pour les regarder encore. Elle repartait, se retournait, se dirigeait enfin vers la rue de Lappe.

Ils furent un moment immobiles, la gorge sèche. Janvier fixait le trottoir. Lognon esquissait une moue.

— Allons ! soupira-t-il pour rompre le charme.

Derrière elle ! Il le fallait ! Sibirski rôdait quelque part dans le quartier. La brute velue avait échappé à leur surveillance. Kellermann, aux dernières nouvelles, était entré dans un restaurant de chauffeurs, avait mangé copieusement et était parti sans payer.

Dans cinq fermes, en moins de deux ans, des gens, des vieillards surtout — une fois un enfant de huit ans qui avait crié au mauvais moment — avaient été abattus à coups de hache.

Janvier avala sa salive.

— Qu'est-ce que vous pensez qu'elle va faire ?

Elle savait qu'elle était suivie. Ils ne se cachaient pas. Et tous, d'un côté comme de l'autre, étaient pris du vertige d'en finir.

Des femmes attendaient, au seuil des hôtels. La rue de Lappe était violette. Janvier savait que, pour son fils, c'était l'heure de la tétée.

Nouchi faisait un effort pour ne pas s'endormir, pensait à la clef qui était sous son oreiller, essayait de se persuader que, si Stan tentait de la prendre, elle le sentirait aussitôt.

Mme Storm, elle, qui depuis une semaine avait chaque nuit des insomnies et des palpitations, avait pris deux comprimés de somnifère.

4

Elle était si grande et si grosse qu'elle semblait remplir le cadre de la porte et elle portait un petit chapeau à pompon vert, elle tenait sur le ventre, de ses deux mains enflées, un sac pas plus grand qu'une aumônière de première communiante. Elle avait beau faire, elle était pleine de réserve, de modestie, et on l'imaginait épluchant des légumes ou tricotant des brassières.

Derrière elle, qui était immobile comme une enseigne, la porte qui était à mi-couloir portait le mot « Hôtel », avec des arabesques, sur son verre dépoli.

C'était encore la rue de la Roquette, mais déjà presque la place de la Bastille. Pendant le jour, la fameuse porte devait être difficile à trouver, coincée qu'elle était entre toutes les boutiques de la maison ; la nuit, on ne voyait qu'elle et la grosse femme qui la bouchait, se penchant dès qu'elle entendait des pas. Un peu plus loin, sur un seuil tout pareil, elles étaient trois qui allaient à tour de rôle au-devant des passants, parfois jusqu'au coin du faubourg Saint-Antoine.

Près de la grosse femme aussi il en vint une autre, qui resta sur le trottoir, l'épaule appuyée à la maison, et Jaja n'y fit pas tout de suite attention. Elle crut que c'était sa copine Louise qui revenait. Puis elle la regarda et dit :

— Tu n'es pas du quartier ?

Frida Stavitskaïa sourit sans répondre.

— T'es étrangère ? Dis donc !...

Elle venait d'apercevoir trois hommes arrêtés sur l'autre trottoir, juste au coin de la rue.

— T'es en règle avec les « mœurs », au moins ? J'ai dans le nez que ces types-là...

Jaja sourit. Un large sourire automatique, sucré. Un homme, un Arabe aux moustaches longues et minces, marquait un temps d'arrêt devant Frida, se décidait en fin de compte pour la plus grosse.

Ainsi la Polonaise restait seule et son regard, à travers l'espace désert de la rue, ne quittait pas les trois hommes. La lune montait toujours. La place de la Bastille était immense, avec seulement quelques points noirs qui, comme sur les anciennes gravures, représentaient les passants. Toutes les persiennes étaient closes. Deux cafés seuls avaient encore de la lumière.

Frida, qui avait faim, s'efforçait de garder un sourire méprisant, parce qu'ils la regardaient, eux, ces trois-là, trois Français étriqués qui avaient dîné et qui fumaient des cigarettes.

En quel honneur, cette nuit, s'étaient-ils mis à trois, dont un gradé, un commissaire, cela se devinait à son assurance et à la façon dont lui parlaient les deux autres ?

— Dites, Janvier… Ce n'est pas Boutin qui est à l'autre coin de la rue ?

— Je crois…

— Vous devriez aller le prévenir, afin qu'il la laisse tranquille… Assurez-vous aussi qu'il n'y a pas de rafle ce soir dans le secteur…

Janvier fit la commission à celui des mœurs qui adressa de loin un coup de chapeau au commissaire et qui disparut dans la rue de Lappe.

Frida ne savait pas ce qu'ils faisaient, ce qu'ils préparaient. Elle ne savait rien, sinon qu'elle avait faim, et elle ne les quittait toujours pas des yeux. Elle sursauta quand quelqu'un qui sortait la frôla. C'était déjà l'Arabe et, quelques instants plus tard, la grosse

Jaja, placide, les mains sentant le savon, reprenait sa place.

— Donne-moi un franc ! dit Frida sans la regarder.

— Pour quoi faire ?

— Donne-moi un franc !…

Jaja, subjuguée, le lui donna. L'étrangère ne lui dit pas merci, entra dans le café qui était un peu plus loin, en ressortit aussitôt avec une tartine beurrée.

— T'as pas le rond ?…. Dis donc !… Ça a l'air d'être pour toi, les trois flics…

La rue était vide ; on avait l'impression que toute la ville était vide, livrée seulement aux rayons de lune et à de froids courants d'air. Les hommes, qui avaient relevé le col de leur pardessus, battaient la semelle et il leur fallait un effort, à eux qui avaient une maison, une femme et des enfants, pour croire à ce qu'ils faisaient, pour ne pas écarquiller les yeux en constatant soudain qu'ils étaient, à une heure du matin, debout à un coin de rue, devant une porte à laquelle une femme s'appuyait.

— Je serais étonné qu'il vienne se promener par ici, soupira Leroy. C'est une brute, mais il est prudent comme une bête de la forêt…

Janvier toussa et tous trois regardèrent dans la direction qu'il leur désignait. Un homme marchait le long des maisons, grand, maigre, les épaules voûtées ; il marchait en hésitant, comme quelqu'un qui cherche quelque chose.

— Josef Sibirski…

On ne pouvait pas attendre indéfiniment. Le commissaire Lognon prit une décision brutale.

— Toi, Leroy, va l'arrêter et emmène-le au Quai des Orfèvres. Prends garde ! J'irai l'interroger tout à l'heure…

C'était une mauvaise solution, mais il fallait en arriver là. Leroy suivit Sibirski qui se dirigeait vers le boulevard Beaumarchais et il remarqua que le Polonais marchait les genoux un peu rentrés.

Des gens qui avaient soupé en ville descendaient d'un taxi, très gais. Les deux hommes, toujours l'un derrière l'autre, firent encore cent mètres puis, entre deux becs de gaz, Leroy accéléra le pas, bondit sur l'ancien infirmier dont il emprisonna les deux bras tout en lui mettant un genou dans les reins.

— Bouge pas !… T'es fait !…

L'autre, qui n'avait pas envie de bouger, se laissa passer les menottes en regardant le policier avec des yeux tristes ou hébétés.

Stan, qui était en sueur, essayait, peut-être pour la centième fois, de tout reprendre au commencement ; et le commencement, c'était le revolver.

Il fallait partir de là, et ensuite penser soigneusement à tous les détails. Le revolver était en bas. Donc, la première chose à faire était de pénétrer dans l'appartement des Storm. Non ! la première chose à faire était de sortir de la chambre et la clef se trouvait sous l'oreiller de Nouchi.

Est-ce qu'elle dormait ? Il était persuadé que non. Mais il avait le temps devant lui. Il attendrait aussi longtemps qu'il faudrait. Même si elle ne dormait pas, elle n'oserait pas crier. Et si elle avait malgré tout envie de crier, il ne resterait qu'à lui serrer le cou pendant trois minutes.

Non ! Ce n'était pas cela non plus ! Cela allait à l'encontre de ce qu'il avait décidé pour la suite. À moins…

C'était harassant ! Il y avait déjà deux heures et plus que cela durait et, à chaque instant, quand il croyait que c'était fini, une autre idée lui venait et tout était à recommencer.

Pourquoi pas Nouchi et rien d'autre ? C'était une femme, et il pourrait plaider le crime passionnel. On ne le condamnerait presque pas. Peut-être serait-il acquitté ? En attendant, il aurait vécu tranquillement en prison, à l'abri des Polonais de Frida Stavitskaïa, et la police aurait eu le temps d'arrêter toute la bande.

Il en revenait pourtant à sa première idée, peut-être parce qu'il n'avait jamais étranglé et que cela l'impressionnait.

En supposant qu'il soit dans l'escalier de service… Bon !… Il savait où on mettait la clef de la porte de la cuisine… Derrière un pot à fleur où il y avait une azalée… Les bourgeois sont ainsi !… Ils font placer à la porte de l'appartement des serrures et des verrous de sûreté et ils n'iraient pas dormir sans s'assurer de leur fermeture…

Ils oublient l'autre porte, celle de la coulisse !… Et que les bonnes n'ont pas envie de se déranger pour rien ! À tour de rôle, c'était Jeanne ou Potsi qui descendait tôt le matin pour allumer les feux et, comme il n'y avait qu'une clef, elles avaient trouvé le truc du pot de fleur…

Donc, il entrait dans la cuisine. Il n'avait pas de

lampe de poche, mais des allumettes. Il connaissait à peu près, par Nouchi, la disposition des lieux. Les Storm dormaient dans la chambre du fond.

Tout ce qui importait, c'était d'atteindre le bureau et de prendre le revolver sans les éveiller. Après…

Il s'aperçut qu'il respirait comme un dormeur et il fut effrayé à l'idée qu'il serait capable de s'endormir ; il s'efforça de se tenir éveillé.

Bon ! Il tenait le revolver. Celui-ci était chargé, naturellement. Mais si, la nuit, Helmut Storm emportait le revolver dans sa chambre ? Nouchi ne pouvait pas le savoir, puisqu'elle n'avait jamais vu le docteur au moment où il se mettait au lit.

Tant pis ! Il remonterait ! Il pourrait toujours emporter de la cuisine un couteau qui servirait un jour ou l'autre…

Ce n'était pas possible ! Voilà justement ce qui n'était pas possible : de rester dans cette chambre un jour de plus ! Il en devenait malade. Cette pensée le terrifiait. Il ne voulait pas !

Il était sûr, puisqu'il le fallait, que le revolver était dans le tiroir du bureau.

Et pourtant… Storm savait que Stan se terrait dans la chambre de Nouchi. Il avait toutes les bonnes raisons pour se méfier de lui, donc pour garder le revolver sur sa table de nuit…

C'était terrible ! Stan était trop intelligent. Il avait conscience d'être aussi intelligent, sinon plus, que n'importe qui. Il pensait à tout !

Il savait même qu'il allait faire une bêtise et pourtant il était incapable de ne pas la faire ! Comment expliquer cela ?

Quelle importance pouvait encore avoir, pour lui, une bêtise ? Même un meurtre ! La seule chose à éviter, la seule qui l'épouvantât, c'était l'échafaud, et il savait qu'on ne lui couperait pas la tête.

— Qu'est-ce que tu dis ?

Il fut tout désemparé.

— Moi ?.... J'ai dit quelque chose ?

Et Nouchi, avec lassitude :

— Tu as dû rêver tout haut…

— Qu'est-ce que je disais ?

— Je n'ai pas pu comprendre… Tu parlais polonais…

Au coin de la rue, tout seul dans le quartier vide, encore plus vide que la place de la Bastille, l'inspecteur Granaudin essayait, lui aussi, de ne pas s'endormir. Ce n'était pas son métier, encore moins son goût. Il sortait des écoles. Il préparait le concours pour l'emploi de secrétaire de commissariat et il était obligé de faire son temps de « voie publique ».

— Un grand blond, très maigre, avec un long nez, lui avait-on dit.

Il fixait la porte du 18, une porte comme toutes les portes de la rue, une maison comme toutes les maisons, de style vaguement Louis XVI.

Où en était Stan ? Ah ! Il tenait le revolver… Il ne parvenait pas à sortir de là !… Et c'est alors que le cas se compliquait…

Il pouvait sortir de la maison, passer près de l'homme qui le guettait et le tuer.

Mais, de cela, il n'avait plus le courage. D'abord, il y en avait peut-être d'autres à l'affût… Puis il faudrait fuir, aller Dieu sait où…

Non ! Il ne voulait plus être traqué, se cacher, trembler toute la journée. Il était fatigué. Sans compter que ce serait aussitôt à recommencer.

À supposer qu'il arrive en Belgique… Il n'y avait pas assez d'argent chez les Storm — et le trouverait-il ? — pour lui permettre de vivre longtemps. Avant de lui donner du travail, on lui réclamerait ses papiers !

L'extradition existait-elle avec la Belgique ? C'était probable. C'était sûr, que, en tout cas, là aussi, on exigeait une carte de travail.

Résultat : il se retrouverait, dans une autre ville, au même point, exactement, que la nuit des Halles.

Comment s'y était pris Grégor Ignatieff qui, en Amérique, vendait de la drogue, était traqué par la police, et qui était parvenu, à Paris, à brasser de grosses affaires de cinéma et à habiter l'*Hôtel George V* ? Il n'en savait rien. Il le saurait. Ignatieff n'était pas plus intelligent que lui, bien au contraire !

Mais ce n'était pas le moment d'étudier le cas Ignatieff. Il avait le revolver ! C'était toujours là qu'il fallait en revenir. Le revolver était chargé.

Il eut un frisson à l'idée que l'arme pourrait ne pas être chargée, mais il écarta cette éventualité. Si on devait envisager le pire pour les moindres détails…

Eh bien ! le plus simple était de faire du bruit, *après avoir eu soin d'éparpiller les papiers du docteur*. C'était important ! Cela lui permettrait d'affirmer ensuite qu'il recherchait uniquement des documents politiques ; et les Français, qui n'y comprennent rien dans ces histoires de nationalités, le croiraient.

Il renverse une chaise… Storm s'éveille… Sa femme tente de le retenir… Il ne peut pas, *il est impossible* qu'il reste dans son lit quand il entend un inconnu dans son cabinet de consultation… Il ouvre la porte, prudemment… Stan tire…

Le mieux, le plus prudent est encore de tirer dans les jambes. Plus haut, c'est risqué, surtout le ventre… Les blessures dans le ventre entraînent souvent la mort… Si Storm meurt, le cas devient plus grave…

Voilà ! Le docteur, blessé, se traîne vers le téléphone. Ou bien c'est Mme Storm qui téléphone pour alerter la police… Stan se laisse prendre et en a pour quelques mois de tranquillité, pendant lesquels il pourra trouver autre chose.

Il tressaillit, parce qu'on toussait tout près de lui : c'était la cuisinière, de l'autre côté de la cloison. Nouchi, elle ne bougeait pas. C'était surprenant de la sentir aussi immobile, c'était à croire qu'elle le faisait exprès et qu'elle ne dormait pas !

Cette idée le mit en rage. Pourquoi ne dormait-elle pas ce soir-là, alors que les autres nuits elle s'endormait tout de suite et ne se réveillait que le matin ?

Elle n'avait aucune pitié, il le savait maintenant. Et pas de cœur ! Elle s'en tirerait, elle.

C'était peut-être ce qui l'excitait le plus : il pourrait lui arriver n'importe quoi, à lui, y compris le pire, elle poursuivrait tranquillement sa route, avec un autre, avec beaucoup d'autres, avec n'importe qui.

Peu importait l'homme : elle s'accrocherait à son bras de la même manière que quand ils marchaient ensemble dans la rue et elle aurait la même soumission apparente, qui n'était au fond que de l'indifférence.

Une égoïste ! Et elle l'épiait ! La preuve qu'elle ne dormait pas, c'est que, dès qu'il faisait un mouvement, elle retenait sa respiration.

Il en fit l'expérience, s'assit dans le lit, comme s'il voulait se lever, et aussitôt elle demanda :

— Où vas-tu ?

— Moi ? Nulle part ! Tu as décidé de ne pas dormir ? Qu'est-ce qui te prend ?

Il était haineux. Peut-être la haïssait-il davantage, en ce moment, qu'il ne haïssait l'inspecteur Mizeri.

— Tu t'agites tout le temps…

— Je m'agite, moi ?

Il aspirait. Ses narines se collaient. Elle l'entendait et elle n'avait pas peur.

Elle ignorait donc la solution numéro un, celle du crime passionnel ? C'était d'autant plus facile qu'elle avait un cou long et mince, avec de petits cheveux soyeux sur la nuque.

Il frissonna et il se rejeta sur le lit d'un mouvement brusque. Il avait mal, partout, dans les bras, dans les jambes, comme quelqu'un qui commence une maladie grave.

Qu'est-ce qu'elle pensait, couchée à côté de lui, les yeux toujours ouverts ?

— Que fait-elle ? questionna l'inspecteur Leroy qui mangeait un sandwich et buvait un verre de bière.

— Elle ne fait rien, répondit Lognon en retirant son pardessus.

Il vit des gouttelettes d'humidité sur ses épaules, remarqua :

— Tiens ! Il commence à pleuvoir…

— Où l'as-tu mis ?

— À côté.

— Il n'a rien dit ?

— Il est à moitié claqué. Il tousse. Je parierais qu'il est pourri de tuberculose…

— Fais-moi monter à boire aussi… Attends ! Un sandwich pour lui…

Ils étaient mornes et fatigués. Les locaux étaient déserts. Il n'y avait qu'un homme de garde près du téléphone, tout au fond du long couloir. Jusqu'à la lumière qui, à cette heure-là, ressemblait à une poussière jaunâtre !

Le plus angoissant, c'est qu'on ne pouvait jamais savoir ce que ces gens-là avaient dans la tête.

Ce que c'était plus simple de s'attaquer à un bon voyou dont on peut prévoir les réactions, une de ces sales brutes, par exemple, qui attaquent une vieille commerçante ou s'en prennent à un bureau de tabac !

Qu'est-ce que Frida Stavitskaïa faisait devant son hôtel ? Espérait-elle vraiment monter avec un client qui lui donnerait un peu d'argent ?

Ce n'était pas la vertu qui l'étouffait, certes ! Mais on sentait bien que ce n'était pas ça, qu'elle les narguait, qu'elle avait une autre idée.

Et l'ours velu, qui s'était tenu tranquille pendant si longtemps et qui soudain n'y tenait plus, piquait une belle colère et poignardait son compatriote !

Au fait, qu'est-ce que… ?

Il décrocha le téléphone.

— Donnez-moi l'hôpital Beaujon, s'il vous plaît… Allô, Beaujon ?…. Ici la P.J… On vous a amené tout à l'heure un Polonais blessé d'un coup de couteau… Quoi ?…. Il est mort ?…. Je vous remercie…

Voilà ! Il était mort ! Le commissaire prit sa pipe dans un tiroir, la bourra lentement, alla ouvrir la porte derrière laquelle Josef Sibirski était assis sur une chaise, sa casquette à la main.

— Entre… Assieds-toi ici…

Le Polonais, docile, obéissait. Lognon tournait autour de lui, se demandant par quel bout le prendre. Malgré ses vêtements fatigués, ses cheveux hirsutes et sa barbe de plusieurs jours, il y avait, chez Sibirski, une certaine distinction. Le plus étrange, c'était encore sa douceur, ou sa résignation.

— Ta patronne est bouclée ! laissa tomber Lognon.

C'était un hasard, et il était tombé juste. Les yeux clairs se portaient vivement sur lui. L'homme faisait un effort pour rester calme, ouvrait la bouche, avait assez de maîtrise sur ses nerfs pour se taire.

— Les autres aussi !… Enfin, presque tous… Ton copain Yvan s'est mis à table… Tu comprends le français, n'est-ce pas ?…. Tu dois savoir ce que veut dire « se mettre à table »… Il a mangé le morceau, quoi !… C'est un dégonflé… Il met tout sur le compte de la patronne et il prétend que c'est elle qui…

Leroy entra avec le garçon qui apportait des demis et des sandwiches. Sur sa chaise, Josef tremblait de la tête aux pieds.

— Qu'est-ce que tu as ?…. Tu as froid ?…. Tu veux que je ferme la fenêtre ?…. Prends un sandwich…

Je crois qu'il y a un bout de temps qu'il ne t'est pas arrivé de manger, hein ?

Le garçon était parti. Leroy restait debout près de la porte. De sa main longue, aux doigts très déliés, Sibirski avait pris un sandwich sur le plateau et le mangeait lentement, proprement, sans perdre le commissaire de vue.

Celui-ci, à demi assis sur un coin du bureau, recommençait pour la millième fois, sans entrain, la scène traditionnelle.

— D'après la police américaine, qui nous a transmis le dossier, la femme est votre chef… Moi, je ne le crois pas… Elle n'a pas assez de cran pour ça… Au fait, qui est-ce qui couchait avec elle ?…. Un peu tout le monde, sans doute ?….

Un éclair passa dans les prunelles grises de Sibirski.

— Yvan aussi ?…. C'est peut-être ce qui m'épate le plus dans cette affaire !… Qu'une femme comme elle, qui est jeune et bien tournée… Dis donc ! Elle n'est pas dégoûtée, la Stavitskaïa !… Tu peux prendre un autre sandwich… De la bière aussi… Ce n'est pas de sitôt qu'on t'en servira, de la bière !… Tu connais un avocat ?

Pour la première fois, l'ancien infirmier ouvrit la bouche pour parler et dit simplement :

— Non.

— Et pas d'argent ! On te collera un avocat d'office…

— Je n'ai pas besoin d'avocat.

Il parlait avec lenteur, cherchant ses mots, d'une voix douce.

— Pourquoi ?

— Parce que je n'ai rien fait. Si je vous ai suivi, c'est que je ne pouvais pas faire autrement…

Il regarda les menottes qu'il portait gauchement.

— … mais vous n'avez pas le droit de me garder ici !

Le commissaire et Leroy échangèrent un coup d'œil ; ils avaient eu tous les deux la même pensée : Lognon avait choisi Josef Sibirski parce qu'il lui avait paru le moins solide de tous, celui dont on tirerait le plus facilement les vers du nez.

Maintenant, il n'y avait plus à s'y tromper. Il était fort ! Et du genre le plus difficile : le genre calme et réfléchi. Il écoutait attentivement les questions, prenait son temps, ne se débattait pas contre l'accusation. Il répondait avec calme, avec une douceur exaspérante.

Depuis qu'il avait mangé, qu'il avait bu, qu'une grosse quinte de toux était passée, il semblait sourire de contentement.

Lognon soupira. Il était deux heures du matin. Il avait prévenu sa femme qu'il ne rentrerait probablement pas de la nuit.

— Tu connais la loi française ? Le complice d'un crime qui, de son plein gré, en dénonce tous les auteurs, ne peut pas être exécuté. Tu comprends ? Tu comprends bien le français, oui ?

Il en doutait parfois, répétait ses mots, parlait lentement, lui aussi, en détachant les syllabes.

— Je sais bien que tu n'es pas venu de ton plein gré. Mais il n'y a que moi et l'inspecteur Leroy à le savoir. Suppose que tu ne veuilles pas être guillotiné comme les autres. On t'enlève les menottes. J'inscris dans mon rapport qu'aujourd'hui, à deux heures du matin, le nommé Josef Sibirski s'est présenté *spontanément* à la Police Judiciaire et m'a fait les déclarations suivantes…

L'homme ne bougeait pas.

— Les déclarations, tu les connais… Je peux t'aider un peu… Le 15 décembre, près de Château-Thierry, une camionnette volée à la porte d'Italie s'arrête dans le chemin dit des Églantiers… Un homme reste au volant… Cet homme, c'est peut-être toi… Il est en tout cas le moins coupable, celui qui s'en tirera au meilleur compte… Les trois autres, dont une femme, se dirigent à pied vers la ferme des époux Gonnet… Tu y es ?…. Après, tu me racontes l'histoire de la ferme des Mainsieux… Puis celle…

— Je ne sais pas de quoi vous parlez.

— Tu le sauras peut-être quand tu auras réfléchi. Il y a des lois en France comme ailleurs. Il y a aussi des crimes qui indignent plus que les autres, des crimes si répugnants et si lâches qu'ils donnent l'impression d'avoir été commis par des bêtes féroces. Ces bêtes-là, chez nous, on les abat…

Le plus inouï, c'est que Sibirski avait sommeil ! Il s'endormait littéralement ! Il luttait pour garder les yeux ouverts, mais on sentait que la torpeur l'envahissait.

— Comme tu voudras… Leroy !… Fais entrer Frida Stavitskaïa…

L'autre tressaillit, ouvrit les yeux tout grands, ne put s'empêcher de se tourner vivement vers la porte.

— … Ou plutôt non !… J'irai la voir dans son cachot… Elle a mangé ?

— Pas encore.

— Conduis celui-ci dans le cachot voisin…

Autour d'eux, trois millions d'hommes au moins dormaient derrière des persiennes closes. Combien y en avait-il qui, à l'instant même, faisaient l'amour ?

La porte du cachot fut fermée. Leroy, sans conviction, fit ce qu'il avait à faire. La foi manquait. Il ouvrit la porte du cachot voisin.

— Allons ! Ouste ! Debout, Frida Stavitskaïa… Le commissaire vous attend… Hein ?….

Il frottait ses semelles par terre, donnait des coups dans la porte, s'éloignait en faisant beaucoup de bruit, en continuant à parler tout seul.

Dans le bureau du commissaire, il ne dit rien. Ils étaient aussi graves l'un que l'autre.

— Janvier vient de me téléphoner, annonça Lognon.

Leroy leva la tête.

— Elle a fini par monter avec un client, une sorte d'ivrogne qui sortait du bistrot voisin… Tu as vu cette tête de cochon ?…. Et l'autre, l'Yvan, qui est en liberté, sans un sou en poche et qui va sûrement faire un coup !… Je m'attendais à de drôles de nouvelles pour demain matin…

Deux heures et demie. Les verres à bière étaient vides, gluants de mousse.

— Je ne vois plus qu'une chose à faire, puisqu'on ne peut pas les avoir à l'usure : les arrêter tous !… Puis les confronter un à un avec la petite crapule… Comment s'appelle-t-il encore ?…. Stan !… Stanislas Sadlak… Qui est là-bas aujourd'hui ?

— Granaudin…

— Encore un qui aurait mieux fait de choisir un autre métier. Il serait en train de potasser le Code pénal sous son bec de gaz que je n'en serais pas étonné… File là-bas… Vous ne pouvez rien tenter avant le lever du soleil… Dès que la concierge mettra ses poubelles à la rue, vous monterez, un par le grand escalier, l'autre par l'escalier de service… Vous me ramènerez l'oiseau… Attends !… Amenez donc sa poule aussi… On ne sait jamais…

— Bonsoir, patron.

— Bonsoir, Leroy.

Il n'y avait pas de taxi à proximité. Leroy dut aller jusqu'au Châtelet, tandis que le commissaire disait à l'homme de garde au fond du couloir :

— Tu me réveilleras dans une heure, à moins qu'on téléphone avant.

Puis, chemin faisant, il commença à dénouer sa cravate.

La clef était à sa place, derrière le pot de fleurs. Au moment de s'en saisir, Stan tressaillit, resta un bon moment immobile, car un réveil sonnait quelque part dans la maison, sans doute le réveil d'un locataire qui devait prendre un train de bonne heure.

La cuisine était encore chaude et des odeurs y persistaient. Entre deux allumettes, Stan heurta la table et il y eut un frémissement de verres entrechoqués !

Jeanne n'avait pas fait sa vaisselle, et verres et assiettes étaient là, pêle-mêle, sur la toile cirée à damiers.

Stan ne pouvait savoir que Mme Storm ne dormait pas, qu'elle ne dormait presque jamais — c'était pourquoi elle avait des yeux rouges qui rappelaient ceux des lapins russes. Il y avait longtemps que son somnifère avait fini de faire son effet, mais elle ne bougeait pas. Chaque nuit, elle restait ainsi des heures, couchée sur le dos, à écouter la respiration régulière de son mari et à attendre que des bruits familiers annonçassent le jour.

Il était plus fébrile qu'il n'avait pas prévu. À mesure qu'il approchait du but, son angoisse croissait et il imaginait de nouveaux obstacles dressés devant lui.

Si le cabinet de consultation allait être fermé à clef ? Certaines gens ferment toutes les pièces de leur appartement à clef !

Mais non ! Il ne l'était pas. Il y avait de la moquette partout, si bien qu'il avait eu tort de se déchausser dans l'escalier de service.

C'était devenu très compliqué, beaucoup plus compliqué que tout ce qu'il avait pensé. Où était le bureau qu'il cherchait ? Il y en avait deux dans la pièce, un petit et un grand. D'abord le revolver ! Puis l'argent !

Car, maintenant, il lui fallait de l'argent coûte que coûte. Il s'arrêtait longuement entre chaque allumette. Il avait l'impression d'entendre du bruit et c'était son cœur qui battait. Un peu de lune, trop peu pour y voir, filtrait entre les lames des persiennes.

Le meuble avait des appliques de bronze. Elles étaient froides sous ses doigts. Il faillit renverser une fiole, sans doute un médicament.

Un tiroir non fermé… Plein de papiers… Il ne les éparpilla pas… Les papiers éparpillés, c'était déjà de l'histoire ancienne…

Comment n'avait-il pas pensé qu'un revolver se met dans le tiroir de droite ? C'est logique ! C'est machinal ! C'est le seul moyen de l'avoir à portée de la main…

Quant à l'argent…

Voyons… Le docteur en touchait à tout moment, après avoir rédigé ses ordonnances… Il était donc assis… Il devait lui arriver d'avoir à rendre la monnaie d'un gros billet… Donc, au milieu… Juste devant lui…

Quelque chose craqua, un meuble trop sec, sans doute. Et Mme Storm, dans son lit, écoutait, les yeux ouverts, les sourcils froncés.

Très bas, dans un souffle, elle appela :

— Helmut !

Mais son mari ne bougea pas. Elle en fut contente. Elle avait eu tort. Elle qui avait peur de tout n'avait pas peur de la nuit. Chez ses parents, c'était toujours elle qui se levait quand on croyait entendre du bruit dans la cave, le plus souvent un chat, ou une porte mal fermée qui battait.

Doucement, elle se glissa du lit et prit son peignoir posé sur une chaise. Elle ouvrit la porte sans la faire craquer, glissa sur le tapis feutré tandis qu'Helmut Storm, dans son sommeil, tâtait la place laissée vide, s'agitait un instant, balbutiait en ouvrant les yeux :

— Hilda !…

5

La cause de ce qui arriva fut peut-être qu'il avait préparé trop de détails insignifiants. Au dernier moment, tel un étudiant à l'oral, il resta en panne, oublia littéralement de tirer.

Car il n'y pensa pas, que trop tard.

Une allumette s'était éteinte. Il venait, dans le profond tiroir, de reconnaître la forme et la consistance d'un gros portefeuille. Le revolver était sur le bureau, à portée de sa main.

Et voilà que trois choses se passaient avec une telle simultanéité qu'il n'eût pu dire ensuite laquelle des trois avait la première frappé ses sens.

Ce n'était pas la lumière, et pourtant cela pouvait être assez impressionnant, dans un pareil moment, de voir le lustre s'allumer.

Il accepta la lumière comme s'il s'y fût attendu.

Ce qui le glaça, ce fut la voix, qui ne ressemblait à rien de ce qu'il avait entendu jusque-là, ou plutôt qui se confondait avec les plus floues impressions de son enfance. Il avait dû entendre des voix semblables dans son berceau, ou alors c'est ainsi que les voix ordinaires nous parviennent à travers une couche d'inconscience.

— Qu'est-ce que vous faites ?

Rien d'autre, doucement, avec un peu d'étonnement, un peu de peine. En même temps, à peu près, que le déclic du commutateur électrique.

Il levait la tête et il la voyait pour la première fois, très grande, très grosse, mais floue, avec toutes ses chairs dans des tissus vaporeux et son visage sans traits enduit de la crème pour la nuit.

Il ne pensa pas au revolver. Il était pris en faute, c'était l'impression qu'il avait ; il resta là comme un enfant, les lèvres frémissantes, les yeux fixes.

Le revolver, ce fut Mme Storm qui y pensa. Elle s'avança, décidée. Et lui eut la pensée saugrenue qu'elle allait le battre. Elle se contenta de le bousculer pour prendre l'arme.

— Hilda…

Storm s'encadrait à son tour dans la porte, pieds nus, empêtré dans sa robe de chambre qu'il ne parvenait pas à passer, handicapé par l'absence de lunettes. Il eut, lui aussi, un mot inattendu. Sans doute la vue du revolver dans la main de sa femme l'étonnait-il ? Était-ce à elle qu'il s'adressait, ou à elle et à Stan, quand il murmurait :

— Qu'est-ce que vous faites ?

Il avait compris, évidemment. Mais c'était faute de trouver les paroles de circonstance. Stan les regardait tour à tour, ne pensait pas à s'enfuir, ne pensait pas du tout, et il avait mal à tout le corps, de peur.

— Vous allez prendre froid, Helmut…

Ce fut très vague, des allées et venues de fantômes, des voix de fantômes, le fantôme du docteur qui endossait une pelisse et qui questionnait :

— Nouchi est au courant ?

Il dut dire non, puisque le docteur n'insista pas, mais il n'en eut pas conscience. Il y avait un téléphone sur le bureau. Storm y pensa, regarda sa femme qui y pensait aussi et qui esquissa son sourire en pâte de guimauve.

Bon ! Pas de téléphone ! Pas de police !

— Vous ne pouvez pas rester ici… affirma Storm comme s'il eût été possible d'en douter.

On ne pouvait pas supporter longtemps la crise de Stan. Ses narines se pinçaient. Ses yeux regardaient au-delà des objets. Il avait des mouvements convulsifs, tantôt ici, tantôt là, tantôt la pomme d'Adam qui bondissait, tantôt les épaules qui frissonnaient, ou une jambe qui se mettait à trembler.

— Je n'ai pas d'argent…

Il se passait quelque chose de formidable, que lui seul était à même de mesurer, et il en avait une sueur froide au front. Le docteur saisissait le portefeuille, y prenait un billet de cent francs puis, après un instant de réflexion, un second billet.

— Filez !… Et, désormais, laissez Nouchi tranquille…

Stan respirait aussi fort que s'il eût été profondément endormi.

— Ils me tueront… balbutia-t-il en regardant la fenêtre.

Et pourtant… Mme Storm avait posé le revolver sur un autre meuble… Il aurait pu…

Il recommençait à penser, repris par ses démons. Si, d'un bond…

— Attendez… Il y a un moyen de sortir d'ici sans être vu par l'homme qui est au coin de la rue… Venez avec moi…

Ainsi, dans quelques instants… Et les deux autres

qui étaient calmes autour de lui, seulement un peu ennuyés !

— Par ici…

Le docteur faisait sortir Stan de l'appartement par la grande porte et déclenchait la minuterie dans l'escalier.

— Il y a dans la cour, expliqua-t-il à mi-voix, une porte qui donne dans le garage, et ce garage ouvre sur la rue de derrière…

Depuis quelques instants déjà, l'inspecteur Leroy et son compagnon avaient aperçu de la lumière dans les fentes des persiennes. Ils avaient même hésité à monter. Et voilà que l'escalier était éclairé, qu'il voyait deux hommes dans le porche. De la pelisse de Storm dépassaient les jambes du pyjama et il avait les cheveux en désordre de quelqu'un qu'on vient d'arracher au sommeil.

— File me chercher un taxi ! commanda Leroy.

Stan se retenait de courir, en oubliait de dire merci. Il se faufilait entre les voitures, passait près d'un Arabe endormi au fond d'une limousine, sans doute un des gardiens ; le garage était long, éclairé par une seule lampe électrique. Stan ne regrettait qu'une seule chose : le revolver. Et s'il prenait une voiture ? Il ne voyait personne, hormis l'Arabe endormi. La porte était ouverte. Il avait le temps de…

C'était formidable ! Formidable ! Non, pas de voiture ! C'était déjà bien assez de sortir au plus vite, de…

Voilà ! Il était sur le trottoir. Des larmes lui jaillissaient des yeux. Il n'avait plus qu'à s'élancer.

— Bouge pas !

Il ne bougea pas, ne se retourna même pas et des menottes emprisonnèrent ses poignets.

— Viens par ici… N'aie pas peur…

Il fallait attendre le taxi que Granaudin était allé quérir. Leroy en profita pour tâter les poches de Stan et s'assurer qu'il n'était pas armé.

— Où voulais-tu aller ?

— Moi ?…. Nulle part…

— Dans ce cas, pourquoi ne sortais-tu pas par la grande porte ?

— Vous n'avez pas le droit de m'arrêter…

— Il me semblait que, l'autre jour, c'était toi qui le demandais. Tu avais envie de faire une cure de prison…

Le taxi arrivait enfin. Ils y montaient, retrouvaient l'autre inspecteur.

— Quai des Orfèvres !

— Pourquoi m'avez-vous passé les menottes ?

— C'est vrai ! Tu n'es pas de taille à te sauver…

Leroy les lui retira.

— Qu'est-ce que la police me veut ?

— Tu te souviens de tes amis les Polonais, n'est-ce pas ? Et de ta grande amie Frida Stavitskaïa ?….

— Ils sont arrêtés ?

— Oui.

Mais alors… Il s'agitait tellement qu'on lui donna une bourrade pour le faire rester tranquille.

— Pourquoi a-t-on besoin de moi ?

— Pour les reconnaître.

— Et ce sera tout ?

Il faisait encore noir. Quelle heure était-il ? Il se pencha et vit l'horloge, place de la Concorde, il était quatre heures dix.

— Je les verrai tout de suite ?

— Probablement.

— Je voudrais les voir tout de suite… S'ils sont arrêtés, on me doit la prime, n'est-ce pas ?….

Il était comme un moteur emballé. Tous ses rouages tournaient à vide, à une vitesse croissante. Pour s'excuser de ses mouvements involontaires, il essayait de sourire sans penser qu'ils étaient dans l'obscurité.

— Je suppose que vous les avez désarmés ?

Le taxi n'allait pas assez vite. Dans l'escalier de la Police Judiciaire, c'était lui qui marchait devant et c'est tout juste s'il parvenait à ne pas courir.

— Où est-ce ?

Leroy ouvrit une porte et Stan fut un peu suffoqué, mais reprit aussitôt conscience, affirma :

— Ce sont eux !… C'est elle !… Mais… il en manque un !

Pour un peu, il eût reproché aux policiers de n'avoir pas fait tout leur devoir.

— Où est Yvan ?…. Le barbu… C'est le plus féroce…

Il avait conscience qu'il était seul à s'agiter. Il se demandait si une glace ne le séparait pas des autres, tant ils vivaient dans une atmosphère différente.

On avait adopté le bureau des inspecteurs, plus vaste, mais plus gris que celui du commissaire Lognon. Et là, sur les chaises, les membres de la bande étaient assis, comme dans une salle d'attente. Il y avait Stavitskaïa qui ne quittait pas Stan des yeux depuis qu'il était entré. À côté d'elle, le Baron, presque bien habillé, le seul à ressembler à un homme ordinaire.

Sibirski, dans un mauvais éclairage, avait tous ses traits soulignés, ses pommettes plus creuses que jamais, et parfois une quinte de toux le pliait en deux.

Enfin Kellermann qu'on avait ramassé dans un wagon de marchandises de la gare du Nord, sale, fripé, abruti.

On laissait Stan debout. Le commissaire Lognon fumait pour détromper sa fatigue et ne semblait pas prendre garde à lui. Leroy et Granaudin étaient entrés. Il y avait d'autres inspecteurs que Stan ne connaissait pas et, comme tous fumaient, il y avait déjà une nappe opaque autour des deux lampes.

Le silence fut long. C'était peut-être prémédité ? Stan ne savait où poser son regard, comment attirer sur lui l'attention du commissaire et, en désespoir de cause, il tira la manche de Leroy.

— Inspecteur ! Puisque j'ai dit ce que j'ai à dire, je peux sans doute…

Partir !

— Demandez au commissaire… chuchota l'inspecteur.

— Monsieur le commissaire… Pardon !… Monsieur…

Il faisait claquer deux doigts, comme à l'école. Et comme à l'école, à force d'impatience, il aurait bien eu besoin de sortir !

— Qu'est-ce que vous voulez, vous ?

— Puisque je n'ai rien à ajouter, je pense que vous me permettrez…

Il n'osait pas regarder ces têtes rangées autour de la pièce. Tous le regardaient, lui ! Il en arrivait à voir trouble, à bégayer.

— En somme, Stanislas Sadlak, vous n'apportez aucune preuve de vos accusations… Simplement que Frida Stavitskaïa était en Amérique quand éclatèrent des attentats similaires et que jadis, à Wilno, elle aurait tué un homme à coups de hache… C'est bien cela ?

Fallait-il répondre oui ? Il ne savait plus.

— Rien ne prouve que vous ne parlez pas ainsi par vengeance, par exemple parce que Frida Stavitskaïa aurait repoussé vos avances…

— Je vous jure…

Il venait de découvrir une horloge, juste au-dessus de la tête de Frida. Il était quatre heures et demie. Le regard de Frida restait planté droit dans le sien, exprimant un tel mépris qu'il excluait la colère.

— Tant que vous n'aurez pas fourni une preuve, ou tout au moins des présomptions plus sérieuses…

Il regarda Josef Sibirski, puis le Baron, puis enfin Kellermann en proie à une irrésistible envie de dormir.

Il était dans un labyrinthe. Il fallait en sortir, coûte que coûte ! Il existait certainement une issue et il s'agissait de la trouver, là, au milieu de tous ces yeux, face à cette horloge dont l'aiguille ne cessait d'avancer.

— Écoutez, monsieur le commissaire… Si vous voulez que je vienne vous voir demain…

Non ! Ça, c'était bon à faire hausser les épaules.

— Vous demandez une preuve, n'est-ce pas ?

Une preuve ! Vite ! Et, comme pour gagner du temps, il balbutiait :

— Qu'est-ce que vous appelez une preuve ?.... Attendez…

— Si vous voulez vous reposer, on vous enfermera dans un bureau jusqu'à demain…

— Non !… Je vous jure que je vais trouver… Une preuve…

Il dépensait assez d'énergie pour s'envoler par ses propres moyens. Il faisait mal à voir, crispé, replié sur lui-même, la respiration courte.

— Attendez !… Je l'ai !

Il hurlait ! Il avait trouvé !

— Quand ils m'ont fait acheter la hache…

Trop vite. Il s'emmêlait. Il venait de parler polonais.

— Pardon !… Quand ils m'ont fait acheter la hache, ils voulaient faire un nouveau coup…

Ça frémissait, autour de lui, du côté des Polonais. Kellermann était réveillé. Sibirski se penchait en avant.

— … ils m'ont montré une carte routière du nord de la France… Sur cette carte… Il y avait des croix pour marquer les fermes… Les fermes qu'ils ont attaquées…

— Où est-elle ?

Est-ce qu'il faudrait lutter jusqu'à la fin contre le mauvais sort ? Il était cinq heures moins vingt !

— Sans doute dans la chambre…

— La chambre de la rue de Birague a été fouillée et on n'a rien trouvé…

— Attendez !… Je vais…

Il ne pouvait plus compter que sur sa mémoire. Lequel était-ce ? Quand on lui avait montré la carte… Yvan ?…. Il eut une nouvelle angoisse… Si c'était Yvan, le seul qui ne fût pas là ?

— Sibirski ! s'écria-t-il soudain si brusquement qu'il semblait vouloir bondir sur celui-ci.

— Josef Sibirski… Vous avez une carte routière du nord de la France ?…. Janvier !… Leroy !… Fouillez-le !…

— Ce n'est pas la peine, prononça l'infirmier. Dans la poche de gauche…

Et il détournait la tête, parce qu'il avait des larmes de rage plein les yeux.

— Déployez cette carte sur le bureau… Vérifiez les points qui pourraient être marqués…

Dans la grande salle aux milliers de fiches téléphoniques, de l'autre côté de la rue, dans les locaux de la Préfecture de Police, une petite pastille s'éclairait vers la gauche de la carte murale.

— XVIe arrondissement ! Suicide au véronal… pronostiqua l'homme chargé du tableau, car il connaissait les caractéristiques de chaque quartier de Paris.

Il planta une fiche dans un trou.

— Allô !… Poste de la rue de la Pompe ?…. Vous venez d'avoir un appel… Vous dites ?…. La secrétaire du… oui, du docteur, j'entends bien… Épelez le nom… S… T comme Théodore… O comme Oscar… Robert… Maurice… Storm… Oui… Je sais… J'ai une note à ce sujet… Je téléphone chez lui…

Ce fut Mme Lognon qui répondit.

— Mon mari n'est pas rentré… Il ne se passe rien de grave, au moins ?….

L'employé appela enfin la P.J.

— Il est ici, oui… Je vous le passe…

Au moment où la sonnerie retentit dans la pièce aux Polonais, Stan, en transes, bégayait :

— Je peux partir ?

Il écarquilla les yeux, tandis que Lognon saisissait le récepteur et alors, pendant quelques instants, on n'entendit que le silence, haché par le même monosyllabe :

— Oui… Oui… Oui…

Le visage du commissaire, tourné vers Stan, restait impassible. Il raccrocha enfin, se leva, traversa la pièce.

— Viens un instant dans mon bureau…

C'était à Stan qu'il parlait. Il fit signe à Leroy de le suivre aussi. Ils n'avaient qu'une porte à franchir.

— Qu'est-ce que… ? commença Stan, la gorge étranglée.

Et le commissaire Lognon, avec un soupir de soulagement, lui envoya son poing en plein visage, une fois, deux fois, trois fois.

— Salaud !… Sale petite canaille !…

Stan tenait les bras devant ses yeux et reniflait parce que du sang coulait de son nez.

— Tu sais ce qu'on vient de me téléphoner, Leroy ? Avant de filer, il a étranglé la petite, Nouchi Kersten… Sa patronne, qui ne pouvait se rendormir, avait un pressentiment… Elle a réveillé son mari pour qu'il aille voir…

Il leva le bras pour frapper encore une fois, mais au même moment Stanislas Sadlak s'évanouissait ; sa nervosité fondait, sa fièvre lui sortait du corps, son angoisse se diluait dans un engourdissement qui lui donnait la sensation de l'infini.

À cet instant précis, il souhaita d'être assis dans le petit bistrot aux andouilles.

C'était fini. Il était tranquille. Il commençait à engraisser et, du matin au soir, il ne pensait qu'à manger, il entreprenait de longues discussions à ce sujet avec son gardien.

— Pour faire du bortsch, du bortsch vert, le meilleur, il faut avant tout beaucoup de crème aigre… Vous direz à votre femme de prendre…

Cela ressemblait à l'école, à la caserne. Il n'avait besoin de penser à rien. Il ne s'y résignait pas tout à fait, mais il échafaudait des drames avec des choses futiles et demandait sans cesse le registre des réclamations.

— En Amérique, dans les prisons…

Il ne pensait pas à Nouchi, jamais. Il ne s'entendait pas avec son avocat et il en prit un autre, pour le plaisir de changer, puis un autre encore.

Une fois qu'il était chez le juge d'instruction, il accusa les Storm de se livrer à l'espionnage.

Il ne manquait jamais, à la première visite du gardien, de s'informer d'Yvan le Barbu, et un matin enfin on lui annonça qu'il avait été trouvé pendu dans une grange.

— Comme un paysan qu'il était ! triompha Stan. Car c'était un vrai paysan polonais. Vous autres, Français, il y a des choses que vous ne pouvez pas comprendre…

Il était délivré de sa peur et c'était tout ce qui importait. Il s'amusait tout seul. Il écrivit même aux Storm pour s'excuser et pour leur demander un peu d'argent, mais ils ne répondirent pas.

— Écoutez, mon ami, disait-il au gardien. Le règlement prévoit que j'ai droit à tant de grammes de féculents et à tant de grammes de viande, n'est-il pas vrai ? Donc, s'il en est ainsi, vous admettrez que j'ai aussi droit à une balance pour peser la nourriture… Demain, vous m'apporterez le livre des réclamations…

Son procès vint à un mauvais moment, l'hiver suivant, par les grands froids, juste après la condamnation à mort de Kellermann et celle aux travaux forcés à perpétuité de Frida et du reste de la bande.

On le condamna à mort, lui aussi. Il fut exécuté le 11 janvier.

DU MÊME AUTEUR

Dans la collection Folio Policier

Les enquêtes du commissaire Maigret

SIGNÉ PICPUS, Folio Policier n° 591.

LES CAVES DU MAJESTIC, Folio Policier n° 590.

CÉCILE EST MORTE, Folio Policier n° 557.

LA MAISON DU JUGE, Folio Policier n° 556.

Romans

LOCATAIRE, Folio Policier n° 45.

45° À L'OMBRE, Folio Policier n° 289.

LES DEMOISELLES DE CONCARNEAU, Folio Policier n° 46.

LE TESTAMENT DONADIEU, Folio Policier n° 140.

L'ASSASSIN, Folio Policier n° 61.

FAUBOURG, Folio Policier n° 158.

CEUX DE LA SOIF, Folio Policier n° 100.

CHEMIN SANS ISSUE, Folio Policier n° 247.

LES TROIS CRIMES DE MES AMIS, Folio Policier n° 159.

LA MAUVAISE ÉTOILE, Folio Policier n° 213.

LE SUSPECT, Folio Policier n° 54.

LES SŒURS LACROIX, Folio Policier n° 181.

LA MARIE DU PORT, Folio Policier n° 167.

L'HOMME QUI REGARDAIT PASSER LES TRAINS, Folio Policier n° 96.

LE CHEVAL BLANC, Folio Policier n° 182.

LE COUP DE VAGUE, Folio Policier n° 101.

LE BOURGMESTRE DE FURNES, Folio Policier n° 110.

LES INCONNUS DANS LA MAISON, Folio Policier n° 90.

IL PLEUT BERGÈRE..., Folio Policier n° 211.

LE VOYAGEUR DE LA TOUSSAINT, Folio Policier n° 111.

ONCLE CHARLES S'EST ENFERMÉ, Folio Policier n° 288.
LA VEUVE COUDERC, Folio Policier n° 235.
LA VÉRITÉ SUR BÉBÉ DONGE, Folio Policier n° 98.
LE RAPPORT DU GENDARME, Folio Policier n° 160.
L'AÎNÉ DES FERCHAUX, Folio Policier n° 201.
LE CERCLE DES MAHÉ, Folio Policier n° 99.
LES SUICIDÉS, Folio Policier n° 321.
LE FILS CARDINAUD, Folio Policier n° 339.
LE BLANC À LUNETTES, Folio Policier n° 343.
LES PITARD, Folio Policier n° 355.
TOURISTE DE BANANES, Folio Policier n° 384.
LES NOCES DE POITIERS, Folio Policier n° 385.
L'ÉVADÉ, Folio Policier n° 379.
LES SEPT MINUTES, Folio Policier n° 398.
QUARTIER NÈGRE, Folio Policier n° 426.
LES CLIENTS D'AVRENOS, Folio Policier n° 442.
LA MAISON DES SEPT JEUNES FILLES suivi du CHÂLE DE MARIE DUDON, Folio Policier n° 443.
LES RESCAPÉS DU TÉLÉMAQUE, Folio Policier n° 478.
MALEMPIN, Folio Policier n° 477.
LE CLAN DES OSTENDAIS, Folio Policier n° 558.
MONSIEUR LA SOURIS, Folio Policier n° 559.
L'OUTLAW, Folio Policier n° 604.

Composition Nord Compo
Impression Novoprint
le 25 novembre 2010
Dépôt légal : novembre 2010

ISBN 978-2-07-030449-3./Imprimé en Espagne.